일본 근·현대 문학사

장남호·이상복 저

이 책은 일본 근·현대 문학을 이해하는 길잡이로 엮은 것이다.

문학사라고 하면 흔히 수많은 작가와 작품을 암기하는 것이라는 선입관이 있다. 그러나 무리하게 암기해도 곧 잊어버리는 것이 일반적이다. 그리고 그런 암기는 정보화 시대를 살아가는 오늘날 아무런 의미를 갖지 못한다. 외우는 것은 컴퓨터에 정확하게 저장되어 있기 때문에 그것을 이용하면 된다.

20년 정도 일본근대문학사 강의를 해 오면서 재미있고 이해하기 쉽고 인생의 교훈을 얻을 수 있도록 하자는 수업목표를 추구해 왔다.

우선 문학사는 역사의 흐름을 이해하는 것이 중요하다. 흐름을 이해하면 자동적으로 중요한 사항이 머릿속에 남게 된다.

다음으로 중요 작가나 작품에 대해 이미지를 갖는 것이다. 그런 이미지 작업을 위해 재미있는 에피소드나 삽화, 줄거리 등을 넣어 기억에 남게 했다.

마지막으로 읽은 내용이 기억에 오래 남게 하기 위해선 반복이 필요하다. 이를 위해 각 장이 끝날 때는 꼭 필요한 문제를 제시했다.

오래전부터 전공자나 일반인들이 일본 근·현대 문학을 쉽게 이해할 수 있는 책자를 발간하고 싶었다. 매년 강의한 내용을 중심으로 엮어보려고 했으나 방대한 양을 정리하는 것은 쉬운 일이 아니었다. 그러나 문학사에서 중요한 것은 큰 줄기를 이해하는 것이라고 생각하여 그에 맞게 정리해 이렇게 책을 발간하게 되었다.

아무리 유익한 책이라 할지라도 친근감이 없으면 곧바로 소외당하기 마련이라 작품의 이해를 돕기 위해 만화도 삽입했다.

또한, 이 책은 『일본 근·현대 문학 입문』을 수정 보완한 것으로 여성문학에도 많은 양을 배정하였고 재일 조선인 문학도 가미하였다.

이 책자가 나오기까지 많은 사람이 도움을 주었다. 일일이 말씀드릴 수는 없지만 이 자리를 빌려 심심한 감사의 뜻을 전하고 싶다.

끝으로 발간을 도와주신 어문학사 사장님과 직원 여러분들에게 감사드리며, 보다 많은 독자가 이 책을 통해 일본 근·현대 문학에 흥미를 갖게 되었으면 한다.

2008. 2

장남호 · 이상복

| 목차

낭만주의 59

자연주의 81

전기 자연주의 81

전후문학 & 현대문학 183

기초지식 테스트

일본이라는 나라에 대하여 어느 정도의 관심과 흥미를 갖고 있는지, 아예 관심이 없거나 혹은 애니메이션이나 음악과 같은 대중문화에만 편중된 시선을 갖고 있지는 않는지를 먼저 알아보자.

아래의 OX문제 5개를 풀어보자. 이것만으로도 일본에 대한 상식 수준을 대강은 파악할 수 있을 것이다. 자신의 상식이 수박 겉핥기식은 아니었는지 생각해보는 시간이 되었으면 한다.

1. 일본의 근대는 메이지 유신(明治維新, 1868년)을 그 출발점으로 보고 있다.
2. 근대 이전의 일본은 「문학」에 대한 개념이 없었다.
3. 현재 일본의 천황은 고이즈미 준이치로(小泉純一郎)이다.
4. 일본의 전통 예술에는 가부키(歌舞伎)·노(能)·분라쿠(文楽) 등이 있는데 이 중에서 가면을 사용하는 것은 노(能)이다.
5. 눈 축제(雪祭り)로 유명한 홋카이도(北海道)의 삿포로(札幌)에는 현재까지도 미군주둔기지가 존재하고 있다.

해설

1. O

일본의 근대는 봉건적인 에도 시대, 즉 막부체제가 종지부를 찍게 되는 메이지 유신(1868년)을 그 출발점으로 보고 있다.

2. O

근대 이전의 일본에도 문학은 분명히 존재했다. 와카(和歌)와 같은 운문 문학과 모노가타리(物語)와 같은 이야기체 문학을 그 예로 들 수 있겠다. 그러나 그러한 것들을 하나의 문학으로서 인식하게 된 것은 근대에 이르러서이다. 서양의 다양한 문예사조를 받아들이는 과정에서 비로소「문학」에 대한 개념을 확립하게 된 것이다.

3. X

일본은 아직도 천황이 존재하고 있는 나라이다. 그러나 천황이라는 것은 상징적인 의미에 지나지 않는 것으로, 실질적인 권한은 총리가 지니고 있다. 전 총리의 이름이 고이즈미 준이치로이고, 현 천황은 아키히토(明仁)천황이다.

4. O

간단하게 설명하자면 노(能)는 가면극, 분라쿠는 인형극이다. 가부키의 경우는 사람이 직접 분장을 하고 극을 이끌어 나간다.

5. X

다들 알다시피 일본에도 미군기지가 존재하고 있다. 하지만 그 장소는 추운 홋카이도가 아닌 남국의 정서가 물씬 풍기는 오키나와(沖縄)이다.

일본 근대문학의 흐름

우선 본격적으로 근대 문학사를 시작하기에 앞서 근대문학의 대강의 흐름을 살펴보자. 흐름을 완벽하게 이해하고 있어야 세부적인 내용도 잘 이해할 수 있기 때문이다. 이 흐름만 이해하면 근대문학을 재미있게 공부할 수 있을 것이다.

일본의 근대는 봉건적인 에도 시대가 종지부를 찍게 되는 메이지 유신1)(1868년)을 그 출발점으로 보고 있다. 이후 일본은 문명개화의 급물살을 타게 된다. 그 문명개화라는 것은 자신들보다 훨씬 우월한 문명을 갖고 있다고 생각되는 서양을 받아들이는 것이었다. 그 당시에는 무엇이든 서양의 것을 배우는데 혈안이었다. 하지만 그러한 '서양 배우기' 붐은 지금까지도 그 열기가 식지 않은 것 같다.

---

1) 메이지 유신(明治維新): 에도막부(江戶幕府) 체재가 붕괴하고, 근대 통일 국가와 그것을 뒷받침하는 메이지 신정권이 형성된 정치 사회적 변혁.

어쨌든 일본은 서양으로부터 제도나 기술 등을 마구 들여오고 난 다음 사상이나 철학을 수입했다. 그러한 것들이 정착된 후에야 '문학'이라는 것이 일본인들 속에 자리 잡을 수 있기 때문이었다.

그렇다면 근대 이전의 일본에는 문학이라는 것이 없었을까. 근대 이전의 일본인은 한마디로 개념이 없는 사람들이었다. 적어도 문학에 있어서는 그러했다. 그들은 서양으로부터 '서양적인' 문학을 들여오면서 비로소 문학이라는 개념을 인식하기 시작했다.

그렇기 때문에 서양에서는 몇 백 년에 걸쳐 차곡차곡 정립된 문학사상을 한꺼번에 받아들여야만 했다. 두서없이 뒤죽박죽 마구잡이로 받아들였기에 그로 인한 일본 문학계의 혼란은 말로 표현할 수 없을 정도였다. 심지어 우리에게 잘 알려진 나쓰메 소세키(夏目漱石)는 이때의 상황을 보고 일본적인 것은 후지산밖에 없다고 표현할 정도였다. 이러한 혼돈의 시대가 바로 일본의 근대문학사이다.

이 문학이라는 개념을 최초로 일본에 들여온 것은 쓰보우치 쇼요(坪內逍遙)라는 사람이었다. 이후 문학의 흐름은 일본사회 전반의 서양화 과정과 일치해 간다. 그러나 서양으로부터 하나의 문학사상이 도입될 때마다 반드시 그에 대한 반동이 일어났다. 즉 일본문학은 새로운 문학사상의 유입과 그에 대한 반동이 되풀이되면서 서양화한 것이다. 이 점을 꼭 머릿속에 입력해 두도록 하자.

일본의 근대문학사=서양화(새로운 사상 → 반동 → 새로운 사상 → 반동…)

그럼 이제 근대문학에 나타났던 문예사조에 대해서 간단히 알아보도록 하자.

1. 사실주의(寫實主義)

1885년, 쓰보우치 쇼요는 인간은 욕망을 지닌 존재로 그런 인간 본래의 내면을 그리는 것이 문학이라고 주장했다. 그리고 문학을 묘사할 때는 화려한 픽션이 아닌 일상적인 모습에 초점을 맞추어야 한다고 했다. 리얼한 묘사방법, 그것이 바로 사실주의이다.

2. 의고전주의(擬古典主義)

서양에서 사실주의라는 새로운 사상이 도입되었다. 그 후 바로 뒤따라 나온 것은 그에 대한 반동이었다. '너희들이 전통문학의 참맛을 알아?'라고 말하는 듯 에도의 정서를 반영하는 작품들이 나왔다. 사실주의와 대립되는 이 사상이 바로 의고전주의이다.

3. 낭만주의(浪漫主義)

낭만주의의 주요 체크 사항은 기타무라 도코쿠(北村透谷) 중심의『문학계(文学界)』라는 잡지이다. 창간된 해는 1893년으로 낭만주의가 전성기를 구가하던 즈음이었다. 사실주의와 달리 보다 이상적인 아름다움을 추구했던 문예사조라 할 수 있다. 로맨틱 드라마를 떠올리면 이해하기 쉬울 듯싶다.

4. 자연주의(自然主義)

1897년부터 세 번째 서양화 과정으로서 자연주의가 일어나게 된다. 정확히 말하면 1906년에 발표된 시마자키 도손(島崎藤村)의『파계(破戒)』가 그 출발점이다. 자연주의는 이상이나 관념을 버리고 철저하게 객관적인 입장에서 인간의 본질을 탐구하려는 자세를 말한다.

5. 반자연주의(反自然主義)+오가이(鴎外)와 소세키(漱石)

자연주의가 일어난 몇 년 후 예외 없이 그에 대한 반동으로 반자연주의가 생겨났다. 덧붙여 반자연주의라고는 할 수 없지만 오가이와 소세키라는 두 작가도 등장하여 문학계에서 활약했다. 이 두 사람을 모르면 일본의 근대문학을 논할 수 없을 정도로 비중 있는 인물들이다.

자연주의와 반자연주의, 그리고 오가이와 소세키가 활약하던 메이지 시대 후기인 1905년부터 다이쇼(大正 ;1912~1926) 시대 전반까지가 문학사상 아주 중요한 시대이다.

여성의 권리를 주장하는 여권주의가 생기기 시작한 것도 이 시기라고 볼 수 있다. 그 전 시기인 기시다 도시코(岸田俊子) 등도 여성문학 작가로 들 수 있겠지만 본격적으로 여성문학이 사회에 두각을 나타낸 출발점은 히라쓰카 라이초(平塚らいてう)가『세이토』라는 잡지(1911년)를 발표했을 때부터라고 할 수 있다.

6. 프롤레타리아문학

1926년 즉, 다이쇼 15년이며 쇼와(昭和) 원년인 이때부터는 마르크스주의가 일본에 상륙하여 급속도로 퍼져나갔다. 이는 당시 시대상황과 밀접한 연관이 있다. 화려했던 다이쇼 시대의 거품이 사라진 후 여러 사회적 모순이 돌출되었기 때문이다. 이러한 문제점을 치열하게 파고든 것이 바로 프롤레타리아 문학이다.

7. 예술파

이 역시 프롤레타리아문학에 대한 반발로 일어났다. 사회적인 모순들에 맞서기보다는 예술의 세계에 틀어박혀 있으려고 했던 운동이다.

이 프롤레타리아문학과 예술파의 대립구도 이후에는 전쟁이 발발하면서 문학의 암흑시대에 접어들게 된다. 그리고 더 이상의 문예사조는 나오지 않게 된다. 이는 이미 '문학'이라는 개념이 정착한데다 개인마다 자신만의 개성 있는 문학을 어필하고 있기 때문일 것이다.

물론 전후(戰後)문학과 현대문학에 대해서도 다루게 될 것이다. 그렇지만 근대문학의 커다란 흐름상에서는 그다지 중요하다고 생각되지 않기 때문에 우선은 위에 서술한 7가지 문예사조의 관계와 그 내용만을 대강이나마 이해해 두길 바란다.

● ● 복습시간 ● ●

1. 일본 근대문학의 흐름을 간단하게 정리해 보자.

　일본의 근대문학사는 곧 서양화 과정이라고 할 수 있을 정도로 서양의 새로운 문예사조들을 마구 받아들였다. 그렇게 서양에서 새로운 사상이 들어서면 이어서 그에 대한 반동이 일어나는 식이었다.

　처음 시작은 1885년 쓰보우치 쇼요에 의해 소개된 사실주의이고 이에 대한 반발로 에도의 정서를 고수하려는 의고전주의가 일어났다. 1893년경에는 낭만주의가 전성기를 구가했다.

　이어서, 1906년에 발표된 시마자키 도손(島崎藤村)의 '파계(破戒)'로 시작되는 자연주의는 10여 년간 일본 문단에서 군림했다. 예외 없이 이에 대한 반동으로 반자연주의의 기치를 내건 세력들이 등장했다. 덧붙여 특정 세력으로 구분할 수는 없지만 일본 근대문학계의 두 거장 나쓰메 소세키와 모리 오가이(森鴎外)도 이 시기에 활약했다.

　나쓰메 소세키 작품 속의 여주인공의 자아 확립 과정과 맞물려, 가부장제도 하에 숨죽이고 살았던 여성들이 문학이라는 장르를 통하여 자신들의 억압상태를 사회문제시하고, 여성들에게도 권리와 자각을 호소하기 시작했다.

　1926년부터는 마르크스주의의 영향으로 세력을 얻은 프롤레타리아 문학과 이에 대한 반발로 일어난 예술파가 대립하게 되었다. 이후는 전후·현대문학으로 이어지면서 근대문학은 끝을 맞이하게 된다.

계몽기

이제부터 본격적으로 일본의 근대문학을 하나하나 짚어 보도록 하겠다.

분명 일본의 근대는 메이지 유신에서 출발했다. 그렇다고 근대문학도 메이지 유신과 동시에 시작되었을 것이라고 생각한다면 오산이다. 문학은 제도나 기술과는 성질이 다르기 때문이다. 일본인의 정서가 새로운 문학사상에 적응할 수 있는 시간이 필요했다. 즉 사회 전반의 분위기가 서양화되면서 문학도 서서히 그 흐름에 따르게 되었던 것이다.

때문에 메이지 시대 초기의 문학을 완전한 근대문학으로 보기에는 무리가 있다. 정확히 말하면 근대문학의 태동기 정도가 아닐까 싶다. 본격적인 근대문학의 출발점은 앞서 말한 쓰보우치 쇼요가 『소설신수(小説神髄)』를 발표한 1885년이라 할 수 있다.

그렇다면 1885년 이전의 문학은 어떠했는지 잠시 살펴보자. 당시의 문학은 근세의 그늘에서 벗어나 근대라는 새로운 틀에 적응하기 위한 과도기적 성향을 보였다. 완전한 문학이라고는 할 수 없지만 점차 모양을 갖춰가는 느낌이었다. 그래서 메이지 원년인 1868년부터 1885년까지의 시기를 '계몽기'라 부른다.

이 계몽기는 다음과 같이 몇 개의 단계를 밟아가고 있다.

1. 게사쿠(戯作) 문학기

사실 이 게사쿠(戯作)2)라는 것은 별로 새로울 것이 없다. 장난삼아 지은 작품이라는 의미처럼 에도 시대부터 서민들을 중심으로 계승되어 온 일본 전통의 풍속소설이기 때문이다. 왜 에도 시대의 문학이 메이지 시대까지 존재하고 있었는지에 대해 의문을 품는 사람은 없으리라 믿는다. 앞서 말했듯이 문학은 제도나 기술과는 달리 정서적인 적응기간이 필요하다. 메이지 시대가 되었다고 해서 하루아침에 에도의 정서가 사라지지는 않는 것이다. 서서히 에도의 색이 바래지고 메이지 색으로 물들어갔다는 표현이 좋을 듯싶다.

그렇지만 메이지 시대의 게사쿠는 에도 시대의 그것과는 조금 다르다. 형식은 게사쿠이지만 테마 면에서는 새로운 것을 추구하는 경향이 생겨났다. 대표적인 인물로는 가나가키 로분(假名垣魯文)을 들 수 있다.

● 가나가키 로분(假名垣魯文)

그의 작품 중에서 가장 먼저 주목해야 할 것은 새로운 문명개화의

---

2) 게사쿠(희곡): 에도 시대의 통속 오락 소설.

신풍속을 그대로 기록한 『아구라나베(安愚楽鍋)』이다. 우선 제목부터 차근차근 생각해 보자. '아구라'는 책상다리, '나베'는 냄비라는 뜻의 일본어이다. 도대체 이게 무슨 뜻인가 싶은 이들도 있겠지만 사실 이것은 '쇠고기 전골'을 의미한다. 당시 일본의 전골집은 서양식의 테이블이 아니어서 책상다리를 하고 앉아서 먹어야만 했기 때문이다.

그렇다면 또 하나의 의문이 생길 것이다. 이 작품은 새로운 문명개화의 신풍속을 그렸다고 했는데, 그것이 '쇠고기 전골'과 무슨 상관관계가 있느냐는 것이다. 내용과 상관없는 제목을 붙였을 리도 없을 테니 이러한 의문은 쉽게 사라지지 않을 것이다. 하지만 사실 이유는 간단하다. 일본문화에 대해 조금이라도 관심을 갖고 있는 사람이라면 쉽게 짐작할 수 있을 것이다.

일본인에는 원래 육식문화가 없었다. 정치·종교상의 이유도 있었고 자신들 먹기에도 부족한 곡식을 가축 사육하는데 쓸 수도 없었

기 때문이다. 때문에 메이지 시대에 들어와서야 모든 일본인들이 자유롭게 고기 맛을 볼 수 있게 되었다. 따지고 보면 일본의 육식문화는 150년도 채 되지 않은 것이다. 야키니쿠(불고기)를 너무나도 자연스럽게 즐기고 있는 지금의 일본인들을 보면 조금 상상하기 힘든 일일지도 모른다.

아무튼 이제 왜 쇠고기 전골이 당시의 신풍속인지 이해할 것이다. 메이지 시대 이전, 즉 봉건시대였던 에도 시대까지는 식용으로 생각하지 못했던 소를 음식점에서 먹는다는 것 자체가 새로운 문명개화의 상징이었던 것이다. 그래서 가나가키 로분은 전골집에 쇠고기를 먹으러 오는 다양한 계층의 사람들을 회화 중심으로 그려냈다. 하지만 회화의 내용이라고 해 봤자 다쟈레(駄洒落)라고 하는 시시한 익살이 대부분이었다. 솔직히 문학성 자체만 놓고 본다면 그다지 훌륭한 작품이라 할 수 없다. 가나가키 로분은 게사쿠 작가를 '어리석음을 팔아 입에 풀칠하는 자'로 여기고 있었다. 결국 앞선 문인들의 흉내만 내고 세상의 돌아가는 모습을 묘사했을 뿐이다. 아류작이라 할 수 있다. 특정 장소에 모인 인물들의 이야기를 재미있고 이상하게 쓰는 형식은 이미 시키테이 산바(式亭 三馬)의 『우키요 부로(浮世風呂)』나 『우키요 도코(浮世床)』에서 볼 수 있었던 것이기 때문이다.

『아구라나베』 외에도 그의 대표작으로는 『세이요 도츄 히자쿠리게(西洋道中膝栗毛)』라는 것이 있는데 이 역시 사실은 아류작에 불과하다. 짓펜샤잇쿠(十返舍一九)의 『도카이 도츄 히자쿠리게(東海道中膝栗毛)』가 원조라 할 수 있다. 이것과 다른 점이 있다면 배경이 일본에서 서양으로 바뀌었다는 것뿐이다. 그런데 서양에는 한 번도 간 적이 없는 그가 서양에 대해 제대로 알고 있었을 리 없다. 후쿠자와 유키치(福沢諭吉)의 「서양사정」이나 「서양여행안내」 등 서양을 소개한 책을 읽거나 직접 갔다 온 사람들의 이야기를 듣고 멋대로 상상해서 썼던 것이다. 따라서 이 역시 다쟈레 일색의 내용일 수밖에 없었다. 그래도 여기에 묘사된 외국의 모습은 이제 막 세계에 호기심을 갖게 된 사람들의 마음을 사로잡기에 충분했다.

에도문학이라고도, 그렇다고 메이지문학이라고도 할 수 없는 애매한 상황이다. 그러나 분명한 건 모방에 불과한 작품들만이 남아 있을 정도로 에도문학은 이미 쇠퇴의 길로 접어들었다는 사실이다. 아직 새로운 문예사조가 들어온 것은 아니지만 서양의 새로운 제도나 기술은 꾸준히 들어오고 있던 상황이었다. 결국 사회·문화적으로 근대화의 과정을 밟게 되면서 에도문학도 자연스레 사라지기 시작했던 것이다.

2. 계몽운동기

메이지 시대가 되었다고는 하지만 아직도 에도 시대의 봉건적인 신분제도의 틀을 벗어나지 못하는 사람들이 많았다. 그때 '자유와 평등' 사상을 모든 일본인들에게 전파하려는 지식인들이 나타났다.

① 후쿠자와 유키치(福沢諭吉)

대표적인 인물은 후쿠자와 유키치이다. 그는 『학문의 권장(学問ノススメ)』이라는 저서에서 "하늘은 사람 위에 사람을 만들지 않는다(天は人の上に人を造らず)"라는 유명한 말을 남겼다. 이 말이

당시의 일본인들에게 준 충격과 감동은 대단한 것이었다. 엄격한 신분제도로 사람이 자유롭고 평등하다는 것을 생각조차 할 수 없었던 시대를 살아온 사람들은 그런 에도 시대가 막을 내린 후에도 '세상이 정말로 변할까' 하는 기대 반 의심 반을 품고 있었다. 그런데 후쿠자와 유키치는 구미의 사람들이 실제로 그렇게 살고 있다고 자신 있게 설명한다. 그리고 이어서 "사람에게 태어나면서부터의 빈부귀천의 구별은 없다. 오직 학문에 정진해 세상만물을 잘 아는 사람은 귀인이 되고 부자가 되며 학문을 하지 않은 사람은 가난하고 미천한 사람이 된다"고 강조한다. 개개인의 인생은 태어날 때부터 정해져 있는 것이 아니라 스스로의 노력 여하에 따라 결정된다는 뜻이었기 때문이다. 이처럼 지금까지의 유교적 도덕관을 부정하고 개인의 행복이나 이익을 도덕의 기초로 삼는 사고방식은 공리주의와 일맥상통한다고도 볼 수 있다.

어쨌든 이 책은 20만 부 이상이 팔리면서 선풍적인 반향을 일으켰다. 에도 시대의 봉건적 사고방식에 얽매여서 아무런 꿈도 희망도 없

후쿠자와 유키치(1834~1901)

던 일본인들에게 한줄기 빛을 가져다 준 격이었다. 사람들은 이제 '나도 배우기만 하면 출세할 수 있다'고 생각하게 되었다. 그래서 당시 사람들은 우리나라의 고3 수험생들 못지않게 치열하게 공부했다. 유키치는 이러한 학생들을 모아서 1858년에 게이오 기쥬쿠(慶應義塾)대학을 창설하기도 했다.

참고로 그의 저서로는 『학문의 권장』이외에도 『문명론의 개략(文明論の概略)』과 『서양사정(西洋事情)』 등이 있다.

② 메이로쿠샤(明六社)

서구의 근대적 시민사회를 완성하기 위해서는 무엇보다도 봉건적 위계질서에 젖어 있는 민중의 개화가 필요했는데, 이에 앞장선 것은 일찍이 서양에 유학하여 근대 학문을 익힌 지식인들과 계몽사상가들이었다. 특히 모리 아리노리(森有礼)의 주창으로 조직된 메이로쿠샤에는 후쿠자와 유치키를 비롯하여 니시 아마네(西周), 나카무라 마사나오(中村正直), 가토 히로유키(加藤弘之), 쓰다 마미치(津田真道) 등, 서양학에 뛰어난 사람들이 모여 국민 계몽에 앞장섰다. 이들은 기관지인 『메이로쿠 잡지』를 통해 문명개화와 국민의식 개혁의 필요성을 알리면서 이 시대에 적지 않은 영향을 미쳤다.

사실 이러한 사상들이 자연스럽게, 혹은 열광적으로 받아들여졌던 것은 당시의 시대상황과 맞아떨어졌기 때문이다. 막부를 무너뜨리고 신시대를 만든 것은 하급무사 출신들이었는데 자유와 평등이라는 서양의 사상은 이들의 행동을 정당화할 수 있는 좋은 도구가 되어 주었던 것이다. 메이지 정부의 수뇌부들은 자신들을 대신해 근대국가 건설이라는 목표의 사상적 기반을 닦아줄, 서양 문물에 관한 지식을 갖춘 인재들이 필요했던 것이다.

그러나 이런 계몽사상가들이 정부의 방침과 언제나 부합되는 것은 아니었다. 개인의 자유와 행복 추구를 정당화하는 그들의 입장은 사회적으로 '입신출세주의'를 낳았으나, 정치적으로는 '자유민권운동'을 가속화시켜 정부를 당황하게 만들었다. 결국『메이로쿠 잡지』는 정부의 언론 통제로 인해 자진 폐간되고 만다.

비록 문학이라 하기에는 너무나 직설적인 주장들이긴 하지만 저들의 저서로 인하여 일본인들이 의식개혁을 이룰 수 있었고 서양화의 과정을 밟아갈 수 있었다는 것에 의미를 두어야 할 것이다.

3. 번역문학기

당시는 서양화가 곧 근대화를 의미하던 시대였다. 하지만 그 전까지는 오랜 쇄국정책으로 인해 서양과의 자유로운 왕래가 불가능했다. 자연히 서양에 대해서 문외한일 수밖에 없었던 그들에게 있어 서양은 미지의 세계이자 동경의 세계였다. 이러한 일본인들의 서양에 대한 열망을 충족시키기 위한 방편으로 번역문학이 생겨난다. 오랜 기간 소설이나 시라는 개념이 없었던 일본으로서는 어쩔 수 없는 선택이었다. 사실 메이지 초기에는 일본의 모든 제도와 문물 자체가 서양의 번역이었던 시대라 할 수 있다. 이 번역문학은 당시의 지식인들에게 특히 인기가 있었다.

이 시기의 작품으로는 리튼(Lytton)의『화류춘화(花柳春話 : 어네스트 앨트라버스)』, 베른(Verne)의『80일간의 세계일주(八十日間世界一周)』, 그리고『로빈슨 표류기(魯敏孫漂流記)』 등이 있다.

이것들은 서양에 대한 일본인들의 욕구를 어느 정도 해소시켜 주는 작품들이었기에 대히트를 치게 된다.

『80일간의 세계일주』만 봐도 그렇다. 어린 시절 이 책을 읽고 넓은 세계를 머릿속에 상상하며 가슴 설레던 기억이 있는 사람들도 많을 것이다. 이야기는 한 치의 오차도 없이 기계적인 삶을 살아오던 주인공이 라이벌과의 말다툼 끝에 엄청난 선포를 하는 것으로 시작된다. 바로 80일 만에 지구를 한 바퀴 돌겠다는 것. 주인공은 만약 1초의 시간이라도 초과하게 되면 자신의 전 재산을 내놓겠다고 말한다. 그리고는 하인 한 명과 함께 정말로 세계일주에 도전한다. 프랑스, 아라비아, 인도, 중국, 미국…. 세계 각국을 돌면서 파란만장한 모험을 하게 된다. 어린 시절 주인공이 여행하는 나라 중에 우리나라가 없다는 사실에 은근히 섭섭했던 기억이 난다. 중국과 일본은 거쳐 갔으면서 우리나라만 쏙 빼놓았으니 말이다.

번역소설은 당시 일본인들의 서양에 대한 호기심 때문에 융성할 수 있었다.

아무튼 당시의 일본인들은 이 책을 읽으면서 상상의 나래를 펼쳐 보기도 했다. 가보지는 못했지만 너무나도 가보고 싶은 세계. 그 세계가 이 책 속에 모두 들어있었기 때문이다. 그러면서 서양의 놀라운 과학문명에 경탄하게 되고 서양적인 가치관에도 자연스럽게 적응하게 된다.

4. 정치소설기

메이지 시대 초기에는 테마가 조금 변하기는 했지만 에도문학의 잔재라 할 수 있는 게사쿠문학이 존재하는데 이는 역설적으로 쇠퇴해 가는 에도문화를 증명하는 것이라고 생각한다. 이후 서양의 새로운 사상을 전파하려는 계몽운동이 일어난다. 그리고 다음으로 '맛보기용'인 번역문학이 들어온다. 그럼 이제는 맛본 것을 자기 손으로 재현해 보는 일만 남은 것 같다. 단순한 번역이 아니라 직접 작품을 쓰는 일 말이다.

당시 일본인들은 계몽운동기를 거치면서 자유와 평등에 대한 의식을 갖게 되었다. 특히 후쿠자와 유키치의 『학문의 권장』에 감동받은 수많은 일본인들은 배우고 노력하면 자신들도 무언가 해낼 수 있다는 적극적인 사고방식을 지니게 되었다. 하지만 이러한 상황은 당시 메이지정부로서는 그다지 달갑지 않은 것이었다. 천황을 중심으로 일치단결하려는 마당에 '모든 사람은 평등하고 자유로울 권리를 가진다'는 발상은 위험하게 느껴졌을 것이다. 부국강병을 위해서는 서양의 앞선 기술을 받아들여야 했지만, 그들의 사상까지는 원치 않던 것이다. 일본인으로서의 정신을 견지하면서 서양의 학문과 지식을 받아들이자는 '화혼양재(和魂洋才)' 사상이 그것이다. 결국 메이지정부는 국민들을 억압하기에 이른다. 하지만 '자유'란 참 묘한 것이어서 일단 맛을 보면 헤어 나올 수 없는 것 같다. 아니, 억압하면 할수록 더욱 간절해지는 것이 자유라고 할 수 있다. 독재자들이 애당초 국민들이 자유의식을 자각하지 못하도록 애쓰는 것도 이런 이유 때문일 것이다.

아무튼 이렇게 해서 메이지정부의 탄압에 의해 직접적인 주장이

나오기 힘든 시대가 도래한다. 이에 평론가나 저널리스트들은 소설의 형식을 빌려 자신의 주장을 펼치게 되었다. 또한 메이지정부는 정부에 대한 국민들의 불만을 어느 정도 해소시켜 주기 위해서 국회를 개설하는데, 국회의원들도 정부로부터의 압력을 받아야 했기 때문에 마음껏 제 소리를 내지 못하고 소설이라는 우회적인 방법을 택해야 했다. 게다가 언론매체가 그다지 발달하지 못했던 당시로서는 소설만큼 널리 자신의 생각을 알릴 수 있는 수단도 없다고 생각했을 것이다.

번역문학 속에 나오는 서양의 새로운 사상과 문물들이 많은 일본인들을 설레게 했듯이 자신들의 정치적 주장도 소설로 꾸미면 충분한 반응을 이끌어낼 수 있다고 생각했을 것이다. 그래서 자유와 평등을 꿈꾸는 정치가를 주인공으로 내세운 뒤 그의 말과 행동 속에 작가 자신의 의견을 주입시켰다. 어떻게 보면 자전적 성향이 강하다고도 할 수 있다. 이렇게 작가(대부분이 정치가나 언론인이긴 하지만)의 정치적 의견을 어필한 작품을 정치소설이라 한다.

시초로는 야노 류케이(矢野龍溪)의 『경국미담(經国美談)』을 들 수 있다. 정치가였던 야노 류케이는 자신의 정치적 이상을 홍보할 수단으로 소설이라는 장르를 택했다. 고대 그리스를 배경으로 이상적인 국가를 제시하고는 자신이 현실 속에서 이러한 국가를 만들어 보겠다고 말하는 것이었다. 이 전략은 적중해서, 책은 인기를 모았고 야노 류케이도 국회의원에 당선되었다.

그 뒤 야노 류케이의 성공에 자극받은 사람들이 너도나도 정치소설을 발표했다. 대표적으로 도카이 산시(東海散士)의 『가인의 기우(佳人之奇遇)』와 스에히로 뎃쵸(末広鐵長)의 『설중매(雪中梅)』

가 있다. 『가인의 기우』는 자주독립과 사회정의를 지향하는 주인공의 모험담에 약간의 로맨스까지 가미된 책인데 주인공 이름이 아예 도카이 산시이다. 그만큼 자전적 성향이 강한 작품이라는 것이다. 그러나 아쉽게도 이 작품은 완결을 보지 못했다.

이러한 정치소설들이 인기를 끌기는 했지만 사실 작품성만을 놓고 본다면 그다지 좋은 평가를 받지는 못할 것이다. 게다가 하나의 온전한 소설작품으로 보기에는 그 불순한 의도가 너무나 분명히 드러나기 때문에 근대문학이라 할 수도 없다. 따라서 이때까지는 진정한 근대문학을 위한 준비 내지는 적응기간, 즉 계몽기에 해당한다고 볼 수 있다.

1868년 메이지 원년부터 1885년 메이지 18년까지 나온 이러한 계몽기의 문학 작품들의 완성도가 떨어지는 것은 사실이다. 이제 겨우 근대문명에 눈을 뜨는 시점에 수준 높은 작품을 기대하는 것 자체가 무리라고 할 수 있다. 하지만 일본인의 근대화에 대한 열망만큼은 대단했다. 문명개화를 근대화로 인식한 일본은 유럽 문명의 이식이야말로 자신들의 최대의 임무라 생각했다. 그렇게 이식된 문명이 일본이라는 새로운 땅에 정박하기 위해서는 그만큼 적응 기간이 필요했을 것이다. 그러나 비록 여러 시행착오를 겪긴 했지만 그런 것들이 오히려 근대문학의 토대를 마련해 주었다고도 볼 수 있다. 계몽기에 미리 서양사상에 대한 기초를 닦았기 때문에 이후 서양에서 들어오는 새로운 문예사조들이 뿌리를 내릴 수 있었던 것이다.

본격적 근대화를 위한 트레이닝 기간, 그것이 계몽기이다.

● ● 복습시간 ● ●

1. 계몽기의 진행과정을 나열해 보자.

2. 가나가키 로분(假名垣魯文)의 대표작으로 새로운 문명개화의 신풍속을 그 대로 기록한 작품은? (힌트 : 책상다리, 냄비, 쇠고기 전골)

3. 가나가키 로분의 작품들은 옛 고전의 내용과 형식을 차용한 아류작에 불과 하여 문학성 자체만 놓고 보면 그다지 훌륭하다고 볼 수 없다. (OX 문제입니 다. 만약 X라고 생각하시면 그 이유도 함께 말해 주세요)

4. 『학문의 권장(学問ノススメ)』이라는 저서에서 "하늘은 사람 위에 사람을 만들지 않는다(天は人の上に人を造らず)"라는 유명한 말을 남긴 계몽운 동기의 대표적인 지식인은 누구인가?

5. 「화혼양재(和魂洋才)」 사상이 의미하는 바를 간단하게 정리하라.

6. 계몽기의 정치소설 작품을 하나만 들어보자.

● ● 답변 ● ●

1. 게사쿠(戱作)문학기→계몽운동기→번역문학기→정치소설기

2. 『아구라나베(安愚楽鍋)』

3. ○

4. 후쿠자와 유키치(福沢諭吉)

5. 일본인으로서의 정신을 견지하면서 서양의 학문과 지식을 받아들이자.

6. 야노 류케이(矢野龍溪)의 『경국미담(經国美談)』, 도카이 산시(東海散士)의 『가인의 기우(佳人之奇遇)』, 스에히로 뎃쵸(末廣鐵長)의 『설중매(雪中梅)』 등.

1. 이것이 바로 근대문학이다—쓰보우치 쇼요(坪内逍遙)의 『소설신^{つぼうちしょうよう} 수(小說神髓)』^{しょうせつしんずい}

1885년, 드디어 근대문학의 출발을 알리는 신호탄이 울렸다. 문학의 본질을 근대적 관점에서 파악한 논문 『소설신수』가 나온 것이다. 이것은 쉽게 말하면 '근대문학이란 어떠해야 하는가'에 대한 고찰이다.

쓰보우치 쇼요는 소설을 '미술'(오늘날로 말하면 '예술')이라 전제하고 "무릇 미술이란 본래 실용의 기술이 아니고 오로지 사람의 심안을 즐겁게 하는 것"을 그 목적으로 삼아야 한다고 설명한다. 즉 도덕적인 존재로서의 인간을 부정하고, 욕망을 가진 인간 본연의 모습을 그려야 한다고 주장했다. 그것도 화려한 픽션이 아니라 좀 더 일상적인 것에 초점을 두어서 사실적으로 묘사해야 한다고 했다. 이러한 문예사조를 사실주의라고 한다.

쓰보우치 쇼요(1859~1935)　　　　　　　『소설신수』

　예전에 국어나 문학시간에 우리나라 고전의 특징에 대해서 배웠던 기억이 있을 것이다. 그때마다 가장 강조되던 것이 '권선징악'이라는 말이었던 것 같다. 그런데 이것은 우리나라 고전만의 특징이 아니었다. 일본의 고전 역시 '권선징악적'이라는 말로 표현될 수 있는 것이다. 특히 메이지 초기까지 유행하던 게사쿠소설에는 이런 패턴이 자주 보인다.

　하지만 단순히 선과 악이라는 이분법적인 사고로 인간의 모든 행동이 정의될 수는 없다. 인간의 심리는 그렇게 간단하게 묘사될 수 있는 것이 아니다. 사실 현실에 비추어 봤을 때 선은 무조건 이기고 악은 망하게 된다는 말은 '어불성설'에 가깝다. 알게 모르게, 혹은 너무도 공공연하게 악이 선을 이기는 경우가 많다. 경우에 따라서는 선과 악의 경계가 모호한 일들도 충분히 일어나고 있다. 이런 현상은 고전작품이 쓰인 그 옛날에도 별반 다르지 않았을 것이다. 다만 작품 속에서는 현실을 미화해서 교훈적인 방향으로 유도하기 위해 이러한 결말을 냈을 것이다.

그 당시 '선'의 개념은 아마도 욕심 부리지 않고 착실하게 사는 것이 아니었을까. 그렇지 않으면 '악'이 되기 때문에 반드시 그에 따른 응징이 뒤따른다. 사실 이러한 사상은 일반인들을 통제하는데 아주 효율적이다. 지나친 비약일 수도 있겠으나 이 논리대로라면 주어진 상황에 불만을 품는 것은 악이 된다. 미천한 신분으로 태어났어도 그에 만족하고 제 할 일을 하면 그것은 선이다. 그러나 그 상황에 의심을 품고 더 높은 신분에 욕심을 낸다면 악이 된다는 식의 논리가 성립 가능하게 되는 것이다.

일본의 막부는 철저하게 이 사상을 이용했다. 특히 '충(忠)'을 절대적인 선으로 단정 짓고 백성들에게 그것을 지켜야 한다고 강요했다. 권선징악이라는 고정관념에 사로잡혀 있던 백성들은 '악(惡)'이 되지 않기 위해서라도 이 '충'이라는 선에 절대적으로 복종할 수밖에 없었다.

또한 막부는 권선징악적 사상에 반하는 것은 가차 없이 탄압했다. 예를 들어 주군을 배신한 사람이 별다른 응징을 당하지 않았더라는 식의 게사쿠 소설이라도 나오면 풍속을 어지럽혔다는 죄목으로 잡아들인 것이다. 기존의 틀을 깨려는 새로운 사상을 경계하는 모습을 보인다는 면에서는 메이지 정부도 에도막부도 크게 다르지 않았다.

어쨌든 '권선징악'이라는 것은 고전작품의 '정석'이었는데 이것을 정면으로 부정한 것이 쓰보우치 쇼요의 『소설신수』이다. 실상은 '그렇지 않다'라면서 인정과 풍속을 사실 그대로 묘사하려고 했다. 마치 편 가르기라도 하는 것처럼 무엇이 선이고 악인지를 꼭 규정할 필요는 없다는 것이었다. 또한 정의의 화신이 등장하는 에도 시대의 문학을 '사기문학'이라 비난하기도 했다. 겉만 번지르르하고 정작 인간의 정서는 그려내지 못하는 것에 대한 불만이 있었다.

권선징악이라는 고전적 가치관을 부정하고 사실주의라는 서양의 새로운 사상을 소개한 쓰보우치 쇼요의 『소설신수』는 근대문학의 출발이라는 점에서 봤을 때 또 하나의 의의를 갖고 있다. 당시 운문(韻文)문학이 주류를 이루고 있던 문학 장르를 소설로 바꾸었다는 점이 그것이다. 그가 문학이란 어떠해야 하는가를 주장하는 대상은 단카(短歌)도 하이카이(俳諧)도 아닌 소설이었기 때문이다. "주관을 개입시키지 말고 현실을 있는 그대로 묘사한 소설"이 그가 주장하는 근대문학의 모범이었다.

그런데 사실 쓰보우치 쇼요도 완성형의 근대작가는 될 수 없었다. 엄밀히 따지자면 사실주의라는 사상을 가져와서 이론적인 근대화를 이뤘다는 것 이상은 될 수 없는 것이다. 실질적인 근대문학이라 할 수 있는 소설은 쓰지 못했기 때문이다.

물론 그가 소설을 전혀 쓰지 않은 것은 아니다. 『소설신수』발표 이후에 『당대서생기질(當世書生氣質)』이라는 작품을 썼는데 아무런 가치도 없는 소설로서 대실패로 끝나고 말았다. 내용은 제목에서 대강 짐작할 수 있듯이 당대 서생들의 기질, 즉 인정과 풍속을 그린 것이었다. 이 소설은 그가 그토록 부정했던 게사쿠 소설과 별반 다를 것이 없는 내용이었다. 차이가 있다면 게사쿠 소설 특유의 익살과 조롱이 보이지 않고 밋밋하고 재미없다는 점 정도일 것이다. 사실주의를 주장한 그로서는 과장되거나 화려한 문체를 용납할 수 없었을 것이다. 그러나 내용적인 면에서 근대화를 이루지 못했다는 사실은 크나큰 약점이었다. 언문일치를 인정하지 않았다는 점 역시 완전한 근대화에 장애가 되었다.

다시 한 번 말하지만 근대문학의 시발점이 된 것은 1885년의 『소설신수』이다. 하지만 이것은 어디까지나 이론적인 면에서이다. 진정한 의미의 근대문학이 탄생했다고는 볼 수 없다. 그렇다고 쓰보우치 쇼요와 그의 논문 『소설신수』의 가치를 무시해서는 안 된다. 쇼요가 『소설신수』를 통해 사실주의라는 새로운 사상을 소개한 것이 일본 근대 문학사에 미친 영향은 대단한 것임에 틀림없기 때문이다. 쓰보우치 쇼요에 대해서는 이 정도로만 알아두었으면 한다.

2. 사실주의의 원조는 바로 나 – 후타바테이 시메이(二葉亭四迷)

그렇다면 진정한 의미의 근대문학이 시작되는 것은 언제부터일까. 콕 집어 말하자면 후타바테이 시메이(二葉亭四迷)가 『뜬구름(浮雲)』을 발표한 1887년이다. 쓰보우치 쇼요의 『소설신수』가 발표된 해가 1885년이라는 것은 알고 있을 것이다. 그로부터 2년이 지난 후에 완벽하게 사실주의 사상이 반영된 근대문학이 태어난 것이다.

사실 후타바테이 시메이가 문단에 데뷔하게 된 데는 쓰보우치 쇼요의 도움이 컸다. 대학생이던 시절, 『소설신수』에 감명을 받은 그가 쇼요의 문하로 들어가면서 둘의 인연이 시작되었다. 어느 날 그는 평소 『소설신수』에 대해 갖고 있던 의문들을 쇼요에게 물어보았는데 그때 쇼요로부터 그 의문점을 책으로 정리하라는 권유를 받았다. 그렇게 탄생한 책이 1886년에 발표된 『소설총론(小說總論)』이다. 쇼요의 문학이론을 더욱 깊이 있게 만들었다는 평가를 받고 있다.

후타바데이 시메이
(1864~1909)

『소설신수』의 요점은 주관을 배제하고 현실을 있는 그대로 그리자는 것이었다. 그에 비해『소설총론』은 단지 현상을 묘사하는 것만이 문학의 목적은 아니라고 주장했다. 사실적인 현상의 묘사를 통해서 그 안에 있는 본질적인 것을 찾는 것이 문학이라는 것이다. 조금 막연하게 느껴질 수도 있겠는데 아무튼『소설신수』보다 심오한 내용이라는 것만은 알아두길 바란다. 문학사적 가치를 따져 보아도『소설총론』보다는『소설신수』가 더 높은 점수를 얻고 있기 때문이다. 갑자기 이런 문구가 생각난다. "아무도 2등을 기억하지 않습니다. 1등만이 기억되는 세상!" 최초의, 가장 높은 것, 가장 소중한 것 등에 역사는 더 가치를 두는 법이다. 사실『소설신수』는 내용적인 면보다 최초라는 점에서 그 가치를 인정받고 있는 것이다.

어쨌든『소설총론』의 심오한 이론을 직접 실행에 옮긴 결과물이『뜬구름』이라는 소설이다. 1887년에 발표되었다는 점도 꼭 알아 두자. 1885년이 아닌 1887년에 근대문학이 출발했다고 보는 견해도 있기 때문이다. 애매한 표현이긴 하지만 대략 메이지 20년 즈음에 근대문학이 출발했다고 생각하면 된다. '즈음'이라는 점을 꼭 염두에 두길 바란다. 그러나 분명한 것은『뜬구름』이 최초의 근대적인 소설이라는 점이다. 미완성이긴 하지만……

※『뜬구름(浮雲)』줄거리

이 소설의 주인공은 학문에는 뛰어나지만 청렴결백하고 융통성이 없는 관리 우쓰미 분조(內海文三)와 그의 사촌으로 변덕이 심하고 유행에 민감하며 남에게 지기 싫어하는 아름다운 소녀 오세이(お勢), 그리고 학문보다는 요령 좋게 출세하는 것을 최고의 가치로 여기는 출세주의자 혼다 노보루(本田昇)이다.

우쓰미 분조는 아버지를 여의고 숙부 집에 맡겨진다. 오세이는 숙부의 딸이다. 분조가 관청에 근무한 지 2년이 지나 어느 정도 돈도 모은지라 오세이의 어머니 오마사(お政)는 분조와 오세이를 결혼시키려고 한다. 그러나 분조는 실직을 하게 되고, 이에 오마사의 마음이 변해 버린다.

그러던 어느 날 분조의 친구이자 동료인 혼다 노보루가 놀러오게 되고, 방문이 빈번해지면서 혼다 노보루와 오세이는 친숙해진다. 오세이는 분조에게 끌리면서도 혼다 노보루에게도 관심을 갖게 된다. 오마사 또한 혼다 노보루를 신뢰하게 되고 분조를 무시하기에 이른다. 분조는 초조해진다. 하지만 오세이가 자기에게 돌아올 것이라고 믿기에 집을 나가지 못한다.

1864년 도쿄에서 태어난 후타바테이 시메이는 1908년 아사히(朝日)신문 특파원으로 러시아에 부임하지만 폐렴과 폐결핵이 동시에 발병해 1909년 5월 귀국하는 선상에서 46세의 젊은 나이로 세상을 떠난다. 그의 본명은 하세가와 다쓰노스케(長谷川辰之助)이다. 후타바테이 시메이라는 필명에는 유명한 일화가 있다.

삽화가와 같이 당시 소설가에 대한 사회적 지위는 아주 낮았다. 이 사실에 후타바테이 자신도 괴로워했다. 그래서『뜬구름』도 미완성으로 끝내고 말았다. 선구자들의 고뇌는 다 그런 것 아닐까.

근대 사실주의 작가인 후타바테이 시메이(二葉亭四迷)는 실명이 아닌 필명으로, 당시 소설가의 사회적인 지위가 낮았기 때문에, 소설가가 되려거든 나가 죽으라는 아버지의 말을 비슷한 다른 말로 바꾼 것이다. 이에 대한 일화는 다음과 같다.

만화의 이 부분에 주목하라.

이 눔의 시끼!! 나가 죽어버려!
일본말로 구타밧테시메(くたばってしめ).

구타밧테시메… 구타밧테이시메… 후타바테이시메

이 작품에는 또 하나의 혁신성이 있다. 아까 쇼요의 『당대서생기질』이 근대소설로서 평가를 받지 못하는 이유가 내용적인 면의 한계도 있었지만 언문일치체를 인정하지 않았다는 점도 작용했다고 했는데, 『뜬구름』은 그 한계를 극복하고 최초로 언문일치체 문장을 시도했다. 딱딱한 문어체가 아니라 일상생활에서 우리가 실제로 쓰고 있는 어투를 사용한 것이다.

언문일치체는 일반 독자들뿐만 아니라 다른 작가들에게도 쇼크였고 마침내 언문일치 운동이 일어나게 된다. 그 선봉에는 후타바테이시메이와 '겐유샤(硯友社)'의 작가들이 있었다. 처음 시메이의 『뜬구름』에서 '~이다(~だ)'가 나타났고, 야마다 비묘(山田美妙)의 『나쓰코다치(夏木立)』에서 '~입니다(~です)', 오자키 고요(尾崎紅葉)의 『다정다한(多情多恨)』에서 '~이다(~である)'가 사용되었다. 이것으로 일본 현대문체의 골격이 완성되었다고 하니 알아두자.

● ● 복습시간 ● ●

1. 일본에 최초로 문학이라는 개념을 도입한 인물과 저서는 무엇인가?

2. 당시에 도입된 최초의 문예사조로서 「주관을 개입시키지 말고 현실을 있는 그대로 묘사」할 것을 주장하는 이 사상은 무엇인가?

3. 일본의 근대문학은 소설이 주류를 이루게 되는데, 메이지 이전까지는 어떤 문학 장르가 주류였을까.

4. 서양의 새로운 사상, 정확하게 말하면 사실주의 사상이 반영된 일본 최초의 근대적인 소설은 누가 언제 발표했나.

5. 최초의 근대적인 소설이라는 점 외에 문제 4번의 소설이 지닌 또 하나의 의의를 꼽는다면 무엇이 있을까.

● ● 답변 ● ●

1. 1885년에 발표된 쓰보우치 쇼요(坪内逍遙)의 『소설신수(小說神髓)』

2. 사실주의

3. 운문문학

4. 1887년에 발표된 후타바테이 시메이(二葉亭四迷)의 『뜬구름(浮雲)』

5. 『뜬구름』에서는 최초로 언문일치체 문장이 시도되었다.

문학계에 사실주의가 자리를 잡으면서 드디어 일본문학도 근대화를 이루게 되었다. 전에 근대화는 곧 서양화라는 얘기를 한 적이 있다. 또한 서양에서 새로운 사상이 들어올 때마다 그에 대한 반동이 일어났다는 얘기도 했다. 이렇듯 이 사실주의에 대한 반동으로 의고전주의가 일어나게 된다.

그런데 의고전주의 역시 '주관을 배제하고 인정과 풍속을 있는 그대로 묘사'하는 것에 대해서는 사실주의와 같은 입장이다. 때문에 사실주의에 대한 반동으로 일어났다고는 해도 사실주의를 부정했다고는 볼 수 없다. 심지어 의고전주의를 사실주의에 포함시키는 경우도 있기 때문이다.

사실 의고전주의 작가들은 지나치게 빨리 서구문화가 흡수되는 상황을 경계했다. 동시에 급속도로 사라져가는 전통문학을 보호하려

했다. 사실주의 자체보다는 급격한 서양화의 물결에 반발했던 것이다. 이는 당시의 국수주의적인 사회 경향과도 관련이 있다. 그래서 "니들이 전통문학의 참맛을 알아?"라든지 "우리 것은 소중한 것이여~"와 비슷한 주장을 하게 된 것이다. 문학의 복고주의(復古主義) 바람. 이것이 의고전주의이다.

이 의고전주의에는 커다란 약점이 하나 있었다. 바로 사실주의는 서양의 사상으로 전통적인 문학을 계승하기가 어렵다는 점이었다. 일본의 고전은 와카나 단카와 같은 운문문학이 주류를 이루고 있을 뿐더러 지금과 같은 개념의 소설은 존재하지도 않았기 때문이다. 기껏해야 이야기식의 모노가타리(物語)류가 있을 뿐인데 이 또한 내용면에서 리얼리즘이 결여되어 있으므로 이것도 사실주의로는 서술할 수 없는 것이다. 그럼에도 의고전주의 작가들은 고집스럽게 고전적인 문체와 테마를 사용했다. 특히 이하라 사이카쿠(井原西鶴)에게서 사실(寫實)의 가능성을 발견하고 그의 작품 속의 문체와 테마를 응용했다. 왠지 사라져가는 전통을 지키려는 장인들의 오기처럼 느껴지기도 한다.

이런 작가들의 고집이 결실을 맺기도 했다. 꽤 훌륭하다고 할 수 있는 작품들도 나왔다. 고전으로의 회귀가 결코 시대착오적 발상은 아닌 것이다. 그러나 의고전주의 운동 자체는 몇 년 버티지 못하고 흐지부지 사라지고 만다.

겐유샤(硯友社)

1. 의고전주의는 우리가 맡는다─겐유샤(硯友社)의 작가들

일본 최초의 문학결사로 겐유샤가 있다. 의고전주의 운동의 구심점 역할을 한 그룹이다. 이 그룹은 도쿄대학 예비 문학생들을 중심으로, 문학적으로는 쓰보우치 소요의 영향으로 탄생할 수 있었다. 도쿄대학 문학사 출신으로 출세의 행운을 거머쥔 소요가 종래의 서민의 심심풀이와 같던 소설을 썼다는 사실에 자극을 받았다. 게사쿠의 낮은 지위에서 문명에 기여하는 중요 요소로 뛰어오른 소설에서 청년들은 새로운 세계를 발견하게 된 것이다.

또한 이들은 『가라쿠타 문고(我楽多文庫)』라는 '잡동사니 문고'라는 의미를 지닌 일본 문학 최초의 동인잡지도 발행했는데 여기에서도 게사쿠와 같은 풍자적 일면을 엿볼 수 있다. 특히 그룹의 보스는 오자키 고요로 문학활동뿐만 아니라 제자 양성에도 힘쓴 인물이다. 그 때문인지 의고전주의 운동이 사라진 뒤에도 '후기 겐유샤'는 건재했다. 작가들의 작품 또한 대체로 통속적이었기 때문에 인기가 있었다. 통속적이라고 하면 어감이 좋지 않을 수도 있는데, 그만큼 발 빠르게 세태를 반영했다는 뜻이다. 살아남는 법을 아는 사람들이었다고 말할 수도 있다. 아무튼 이 겐유샤는 근대문학사상 중요한 위치를 차지하고 있으니까 꼭 알아두자.

참고로 대표적인 겐유샤의 작가들을 알아보자. 우선 주로 1887~1888년 사이에 활약했던 오자키 고요와 야마다 비묘가 있다. 다음으로 오자키 고요의 제자인 도쿠다 슈세(德田秋聲)와 이즈미 교카(泉鏡花)가 있다. 후에는 히로쓰 류로(廣津柳浪)와 가와카미 비잔(川

上眉山(<ruby>かみ<rt>かみ</rt></ruby> <ruby>びざん<rt>びざん</rt></ruby>)까지 가세하면서 일본 문단에 커다란 영향력을 형성하게 된다.

2. 의고전인가 낭만인가

① 이즈미 교카(泉鏡花)

후기 겐유샤 인물인 히로쓰 류로는 『구로토카게(黒蜥蜴)』라는 '심각소설'을 썼다. 가와카미 비잔의 『서기관(書記官)』, 초기 이즈미 교카의 『야행순사(夜行巡査)』, 『외과실(外科室)』 등의 '관념소설'도 나왔다.

이러한 심각소설이나 관념소설은 간혹 낭만주의로 분류될 때가 있다. 위의 작가들이 활약하는 시기가 의고전주의 바로 다음인 낭만주의 시대인데다 내용 면에서도 낭만주의적 경향을 띠고 있기 때문이다. 하지만 이들 모두가 겐유샤의 인물들이기 때문에 섣불리 낭만주의라고 규정할 수도 없다. 참 애매한 부분이다.

어쨌든 이 작가들 중에서도 이즈미 교카를 주목해 보자. 그는 오자키 고요의 제자로 출발하여 젊은 시절에는 주로 관념소설을 써 각광을 받는다. 고향인 가네자와(金沢)로 내려가 일가를 이룬 후 더욱 왕성한 집필 활동을 보이는데, 연상의 여인을 사모하는 소년의 이야기를 서정적으로 그려낸 『데리바 교겐(照葉狂言)』, 깊은 산속에 사는 수수께끼의 미인과 젊은 승

이즈미 교카(1873~1939)

려의 괴이한 만남을 다룬『고야히지리(高野聖)』로 인기 작가의 반열에 오른다. 낭만주의 시대에 접어들면서부터는 본격적으로 '환상소설'을 쓰기 시작했다. '환상소설'이라는 단어만 봐도 그 내용을 대충 짐작할 수 있을 것이다. 그의 소설은 현실과는 약간 괴리가 있는 불가사의한 내용들로 채워져 있다.『온나케이즈(婦系圖)』나『우타안돈(歌行燈)』, 희곡『천수이야기(天守物語)』등이 대표적인 작품이다.

② 히구치 이치요(樋口一葉)

드디어 근대문학 최초의 여류작가가 탄생한다. 바로 24세의 젊은 나이에 요절한 천재작가 히구치 이치요(樋口一葉)이다. 이 작가도 이즈미 교카와 마찬가지로 의고전인지 낭만인지를 구분하기 애매한 점이 있다.

그녀의 대표작으로는『다케쿠라베(たけくらべ)』,「주산야(十三夜)」,「니고리에(にごりえ)」등을 들 수 있다. 그중에서도 특히『다케쿠라베』는 사춘기의 소년 소녀의 모습을 정감 있게 그린 작품으로 고전『이세 모노가타리(伊勢物語)』에서 모티브를 따 왔다. 자연스레 작풍이나 문체는 의고전주의에 가깝다. 그러나 이 작품이 발표된 1895년은 낭만주의 시대이고, 게다가 그녀는 낭만주의 활동의 중심이었던『문학계』동인들과도 상당히 친분관계가 있었다.

히구치 이치요
(1872~1896)

이 성공한 여류작가가 요절한 이유를 살펴보자. 하급관리의 딸로 태어나 일찍 아버지를 여읜 그녀는 졸지에 집안의 가장이 되어야만 했다. 때문에 고등교육은 받을 수 없었지만 문학에 대한 꿈은 버리지 않고 부단히 노력하여, 결국 꿈을 이루어 문단 데뷔에 성공했다. 하지만 문학활동을 하면서도 생계를 위한 일을 하지 않으면 안 되었다. 그것이 원인이 되었는지 당시로서는 불치병으로 여겨지던 폐결핵에 걸려 요절하고 말았다. 그로 인해 문학활동 기간이 매우 짧았다는 점도 그녀가 어느 주의인가에 대한 판단을 어렵게 하는 부분이다.

히구치 이치요는 최초의 근대여성문학가라는 점이 요즈음 크게 인정받아서 일본 화폐에 새로 등장한 인물이다. 남성 근대문학가의 대표적인 존재인 나쓰메 소세키가 사라지고, 히구치 이치요가 등장했다는 점에서 일본도 여성 상위시대가 도래했다고 볼 수 있을 것이다.

의고전주의의 중심에 겐유샤가 있는 것은 분명한 사실이지만 그렇다고 겐유샤 작가들이 쓴 작품이 무조건 의고전주의라는 보장은 없다. 의고전주의 운동이 워낙 순식간에 나타났다 사라졌기 때문이다. 작가들은 의고전주의가 사라짐과 동시에 모든 집필을 중단할 수도 없는 노릇이기에 낭만주의에 들어와서도 대부분 꾸준히 작품 활동을 했다. 그래서 같은 작가를 두고도 어느 책에서는 의고전이다, 또 다른 책에서는 낭만이다 라는 식의 엇갈린 평가가 나오게 되는 것이다.

작가는 같아도 서로 다른 문예사조의 작품들이 나올 수 있다는 점, 꼭 염두에 두었으면 좋겠다.

3. 의고전주의의 양대산맥

① 오자키 고요(尾崎紅葉)

실질적으로 겐유샤를 주도한 오자키 고요는 의고전주의 운동의 정점에 서 있는 인물이다. 대표작은 『갸라마쿠라(伽羅枕)』와 『다정다한(多情多恨)』으로, 모두 의고전주의 운동이 활발하게 이루어지던 1888~1890년 사이에 쓰인 작품들이다. 앞의 사실주의에서도 잠깐 설명했지만 『다정다한』이라는 작품에서는 '~이다(~である)'

오자키 고요(1867~1903)

라는 언문일치체가 사용되고 있다. 그러나 그 뒤 그의 작풍은 다시 의고문(擬古文)으로 돌아온다.

그리고 그의 작품 중에서 빼놓을 수 없는 것이 『곤지키야샤(金色夜叉)』로, 도쿠토미 로카(德富蘆花)의 『호토토기스(不如帰)』와 함께 메이지 시대 2대 베스트셀러이다. 그러나 이 작품은 1897년부터 쓰인 것으로 의고전주의로 보기에는 무리가 있다. 오자키 고요의 작품이지만 의고전주의는 아니라는 점, 꼭 기억하자.

● 『곤지키야샤(金色夜叉)』

겐유샤 작가들의 작품은 그 통속성으로 인기를 모았다고 했는데, 오자키 고요의 작품이 지닌 통속성은 우리나라에서도 통했다. 이 『곤지키야샤』가 「장한몽」이라는 제목으로 번역되어 우리나라 신(新)문

아타미(熱海)에 있는 오미야 간이치상

학 최초의 베스트셀러가 되었던 것이다. 또한 책뿐만 아니라 연극으로도 흥행에 성공했다. 우리나라 신파극의 대명사인 「이수일과 심순애」가 바로 이 「장한몽」, 아니 『곤지키야샤』를 각색한 것이다. 다들 "수일씨~" "놓아라! 김중배의 다이아몬드가 그렇게도 좋다더냐!!" 같은 대사 정도는 알고 있을 것이다. 정통 신파극을 직접 보지 못한 사람이라도 '김중배와 다이아몬드'는 어렴풋하게나마 기억하고 있을 것이다.

이 작품이 지금 다시 리메이크된다면 어떤 반응을 얻을지 궁금하기도 하다. 당시에는 재물에 눈이 멀어 사랑을 버리는 행위는 두말할 것 없이 지탄의 대상이 되었지만 지금은 결혼에 있어서는 사랑보다 현실을 택하는 여성들이 많기 때문이다. 작품의 핵심이 '돈이냐 사랑이냐'인 것을 보면 지금도 충분히 통할 수 있는 소재인 것 같기는 한데, 한편으로는 고리타분한 문제로 인식되어서 별 매력 없는 작품이 될 수도 있겠다는 생각이 든다.

＊『곤지키야샤(金色夜叉)』줄거리

고아인 하자마 간이치(間貫一)는 시기자와(鴫澤) 집에 거처하게 되고, 그 집안의 배려로 대학에 들어가면 시기자와의 외동딸 오미야(お宮)와 결혼하기로 되어 있었다.

오미야도 간이치를 좋아했지만 은행가의 아들 도야마의 구혼에 그를 받아들이고 만다.

간이치는 그녀를 설득해 보지만 허사였고 돈 때문에 가장 소중한 사람을 빼앗겼다고 생각한 간이치는 학업을 그만두고 냉혹한 고리대금업자가 된다.

오미야는 결혼 후에야 비로소 간이치에 대한 사랑을 깨닫고 그를 잊지 못해 편지를 보낸다. 그렇지만 간이치에게서 답장이 오지 않아 오미야는 어느 날 간이치를 찾아간다. 그리고 그에게 잘못을 빌지만 간이치는 오미야를 용서하지 않는다. 나중에 간이치는 도야마에게 버림받은 오미야의 처지를 알게 되고 그녀의 편지를 읽기 시작한다.

오자키 고요는 이 작품을 완성하지 못하고 위암으로 죽고 마는데, 너무 심혈을 기울여 작품을 써서 일찍 세상을 떠난 것이라는 일설도 있다.

참고로 제목에 대해서 부연설명을 하겠다. 이 '곤지키야샤(金色夜叉)'라는 것은 '수전노'를 뜻한다. '금색(金色)'은 곧 황금색, 즉 재물을 의미하고, '야차(夜叉)'는 말 그대로 귀신을 의미한다. 직역하면 '돈 귀신'이 되는 것이다.

김중배의 다이아몬드에 마음이 돌아선 심순애. 그에 대한 배신감으로 인해 돈의 노예가 되어 버리고 마는 이수일. 『곤지키야샤』는 이 이수일 역의 주인공을 지칭하는 말이다. 별 것 아닌 듯하지만 참 재치 있는 제목이라는 생각이 든다.

② 고다 로한(幸田露伴)

고다 로한(幸田露伴)은 의고전주의 작가임에도 겐유샤에 속하지

고다 로한(1867~1947)

않았던 인물이다. 헷갈리기 쉬우니까 꼭 알아두자. 고다 로한은 오자키 고요와 함께 의고전주의의 양대 산맥이라 할 수 있는데, 고요보다 더 완고했고 남성적인 느낌으로 에도(江戸)에 집착했다.

오자키 고요는 『곤지키야샤』에서도 볼 수 있듯이 남녀의 애정을 둘러싼 복잡한 심리묘사 등에 탁월한 능력이 있었다. 이에 반해 고다 로한은 에도 시대의 장인정신을 찬양하는 소설들을 많이 내놓았다. 무조건 서양의 것이라면 흡수하려는 풍토에 반발하고 작품 속에서도 에도의 정서를 표현하려 했다는 점에서 가장 의고전주의에 어울리는 작가이지 않을까 한다. 특히 그의 대표작인 『오중탑(五重塔)』을 본다면 이러한 작품세계를 잘 이해할 수 있을 것이다. 뭐랄까, '남자의 로망'이 느껴지는 것 같지 않은가?

※『오중탑(五重塔)』줄거리

　목수인 겐타(源太)가 야나카칸오지(谷中感應寺)의 5층탑 공사의 일을 맡게 되는데 그 소문을 들은 쥬베에(十兵衛, 겐타의 신세를 지고 있음) 또한 탑 공사 일을 맡고 싶어 한다. 은혜를 모른다고 겐타의 부인과 동료들은 그를 비난한다. 하지만 쥬베에가 주지 스님 로엔(朗円)에게 일생에 한 번 솜씨를 발휘해 자기의 존재를 세상에 알리고 후세에도 이름을 날리고 싶다는 속마음을 털어놓게 되고 결국 공사는 쥬베에에게 맡겨진다.

그로 인해 겐타의 제자가 화가 나 쥬베에의 귀를 자르고 어깨에 상처를 입히지만 쥬베에는 공사에만 심혈을 기울인다. 드디어 탑이 완성되고 낙성식을 맞이하기 전날 밤 몇 십 년 만에 한 번 있을까 말까 한 폭풍이 들이닥쳐 마을 전체가 많은 피해를 입는다. 하지만 탑은 건재한 모습 그대로 남는다.

4.「홍로시대」 or 「홍로소구」

의고전주의의 양대 산맥인 오자키 고요와 고다 로한이 활약했던 1887~1890년 시대를 일컬어서 '홍로시대(紅露時代)'라고 한다. 선의의 라이벌로서 그 시대를 풍미했기 때문이다.

그런데 비슷한 표현으로 '홍로소구(紅露逍鴎)'라는 말이 있다. '홍로(紅露)'가 앞의 두 인물을 지칭한다면 뒤의 '소구(逍鴎)'는 무엇을 의미하는 것일까. 눈치 챘는지 모르겠지만 '소(逍)'는 쓰보우치 쇼요를, '구(鴎)'는 모리 오가이를 뜻한다.

이 네 사람을 뭉쳐놓은 이유는 무엇일까. 문예사조 면에서 본다면 오히려 대립관계라 할 수 있는 인물들로, 쓰보우치 쇼요는 사실주의, 오자키 고요와 고다 로한은 의고전주의. 모리 오가이의 경우는 특정 사상에 묶어두기 힘든 면이 있는데 어쨌든 초기에는 낭만주의적 입장을 견지했다. 결국 이 '홍로소구'에서 공통점을 찾는다면 활동시기 밖에 없다.

물론 각 문예사조의 출발시점은 제각각이다. 그러나 사실주의에 대한 반동으로 의고전주의 운동이 일어났다고 해서 사실주의가 하루아침에 사라지는 것은 아니다. 여러 문예사조가 공존하는 시기도 있다는 말이다. 예를 들면 '홍로소구'의 네 인물이 모두 활약하던

1887~1890년처럼 말이다.

자, 좀 더 차근차근 풀어가 보도록 하자. 우선 1885년에 쓰보우치 쇼요가 『소설신수』로 문단에 데뷔하면서 사실주의가 시작되었다. 그는 그 후로도 오랫동안 문단에서 영향력을 행사했다. 다음으로 1889~1890년 사이에는 의고전주의 사상의 두 대표인 홍로(紅露)가 활발한 움직임을 보였다. 끝으로 모리 오가이는 1888년에 독일에서 돌아오는데, 2년 뒤인 1890년에 낭만주의 사상의 영향을 받은 『마이히메(舞姫)』를 발표한다. 이렇게 해 놓으면 대강 이들이 공통적으로 활약했던 시기가 보인다. 그 즈음의 문단상황을 일컬어서 '홍로소구'라는 표현을 쓰는 것이다. 각각의 문학사상은 중복되는 시기가 존재한다는 점, 그래서 '홍로소구'와 같은 상황이 나오게 되었다는 점을 알 수 있다. 정확히는 아니더라도 대강의 내용은 꼭 이해했으면 좋겠다.

●●복습시간●●

1. 의고전주의에 대해서 간단하게 설명해 보자.

2. 의고전주의 운동의 구심점 역할을 한 일본 최초의 문학결사가 있다. 『가라쿠타 문고(我樂多文庫)』라는 최초의 동인잡지를 발행하기도 한 이 그룹의 이름은 무엇인가.

3. 『다케쿠라베(たけくらべ)』라는 대표작을 남기고 요절한 일본 근대문학 최초의 여류작가는 누구인가.

4. 의고전주의 운동은 겐유샤와 함께 오랜 생명력을 자랑하며 유지되었다. (OX 문제입니다. 만약 X라고 생각하시면 그 이유도 함께 말해주세요)

5. 오자키 고요(尾崎紅葉)의 대표작으로, 도쿠토미 로카(德富蘆花)의 『호토토기스(不如帰)』와 함께 메이지 2대 베스트셀러로 꼽히는 이 작품의 이름은 무엇인가.

6. 「홍로소구(紅露逍鴎)」에 대하여 설명해 보자.

● ●답변● ●

1. 사실주의에 대한 반동으로 일어난 문예사조로서, 급격한 서양화에 반대하고 사라져 가는 전통문학을 보호하려는 사상이 의고전주의이다.

2. 겐유샤(硯友社)

3. 히구치 이치요(樋口一葉)

4. X (겐유샤의 인물들은 낭만주의 시대가 되어도 꾸준하게 작품 활동을 하지만 의고전주의 운동 자체는 몇 년 버티지 못하고 순식간에 사라졌다.)

5. 『곤지키야샤(金色夜叉)』

6. 사실주의의 쓰보우치 쇼요, 의고전주의의 오자키 고요와 고다 로한, 특정 사상에 묶어두기 힘든 면이 있지만 어쨌든 초기에는 낭만주의적 입장을 견지했던 모리 오가이가 공통적으로 활동하던 1887~1890년대의 문단상황을 가리키는 말이다.

낭만주의

서양으로부터 사실주의가 유입됨으로써 개인의 자유를 억누르던 봉건주의 사상은 사라졌다. 문학에서도 본격적으로 개인의 자유를 표현할 수 있는 기회가 찾아온 것이다. 따라서 각각의 개성이나 감정을 존중하는 낭만주의 사상이 꽃을 피우게 되었다. 이에 낭만주의라는 단어에서 풍기는 이미지 그대로 로맨틱하고 이상적인 아름다움을 추구하는 작품들이 나오게 된다. 아직은 꿈 많은 사춘기 소녀의 느낌이라고 할 수 있다.

1. 「자아(自我)」의 각성

일본 낭만주의의 키포인트는 '자아의식'이다. 에도 시대 사람들은 이 '자아의식'이 없었다. 개인보다는 가족, 가족보다는 국가를 위해서 살아야 했기 때문이다. 이는 봉건시대였기 때문에 어쩔 수 없었다. 강요된 희생이라고나 할까, 상위개념의 집단에 충실할 수밖에 없는 상황이었다.

자아에 대한 의식은 1890년대인 메이지 중반 무렵부터 싹트기 시작했다. 이것은 일본인들 사이에서 '자아'라는 개념이 의식되기 시작한 것이 100년을 겨우 넘겼다는 말이 되기도 한다. 그 전까지는 대부분이 물 흘러가듯 살았다. 태어나면서부터 굴레처럼 주어지는 신분대로 말이다. "나는 왜 이렇게 살아야 하는가"에 대한 의심을 품지 않았다. 그들의 부모가 그러했듯이 당연히 자신도 그렇게 살아야 한다고 생각했다. 아니, 애초에 그런 의식조차도 없었을 것이다.

그러다 메이지 시대가 시작되면서 일본사회에 근대화(서양화)의 폭풍이 불어 닥쳤다. 앞에서도 서술했지만 무엇이든 서양의 것을 모방하는 풍조가 생겨난 것이다. 여타 제도나 기술에 비해서 시기적으로 뒤쳐지긴 했지만 문학계 역시 근대화의 바람을 피할 수 없었다. 우선 의식변화 기간이라 할 수 있는 계몽기에 자유와 평등이라는 근대적 사고방식을 갖게 된다. 그 뒤 일본 최초의 근대적 문예사조인 사실주의가 도입되면서 근대문학이 시작되는 것이다.

이러한 서양의 근대문학들은 일본인들이 자아를 의식하게 되는 계기를 마련해 주었다. '집단 속의 나'가 아니라 '본연의 나'를 바라볼 수 있게 된 것이다. 그러한 근대문학 중에서도 '자아의식'에 결정적인 영향을 미친 것이 낭만주의이다.

혹자는 자아의식이 없는 상태에서의 문학은 문학이 아니기 때문에 진정한 근대문학은 낭만주의로부터 출발했다고 보기도 한다. 그만큼 '자아의식'이 근대를 설명함에 있어서 중요한 위치를 차지한다는 뜻일 것이다.

2. 모리 오가이(森鷗外)

① 낭만주의의 아버지

　사실 모리 오가이를 단순히 초기 작품의 성향만으로 낭만주의 작가로 규정하기에는 무리가 있다. 그럼에도 그를 낭만주의의 아버지라고 하는 이유는 낭만주의를 작품에 최초로 도입하여 근대지식인의 자아 각성을 묘사하는 소설과, 서정적이고 예술적인 경향의 번역 시집을 발표한 데에서 찾을 수 있다. 특히 모리 오가이가 바이런, 괴테 등 서양 근대시인들의 작품을 번역한 『오모카게(御母影)』는 일본 낭만주의를 선도한 『문학계』의 시인들에게 깊은 영향을 끼쳤다. 따라서 낭만주의 청년 시인들을 키워냈다는 의미로 그를 '낭만주의의 아버지'라 부르는 것이 더 타당할지 모르겠다. 낭만주의를 근대문학의 출발로 보는 입장에서는 근대문학의 아버지가 될 수도 있겠다. 「꽁치의 노래(秋刀魚の歌)」라는 시로 유명한 사토 하루오(佐藤春生)는 "일본의 근대문학은 모리 오가이의 유학(留学)으로 시작된다"고 했을 정도이다.

② 오가이 작품 최대의 논란거리

● 『마이히메(舞姫)』

　모리 오가이는 독일 유학을 마치고 귀국한 뒤 문학활동을 시작했다. 귀국하고 2년 쯤 뒤에 발표한 작품이 『마이히메』로, 이것은 자전적 경향이 매우 강한 소설이다. 작품을 읽어보면 이것이 실제로 있었던 사건이라는 것에 경악할지도 모른다. 너무나도 안타깝고 충격적

『마이히메』의 배경이 된 브란덴브르크문

인 내용이기 때문이다.

작품 자체는 워낙 유명해서 일본의 교과서에도 실려 있을 정도이다. 재미있는 점은 많은 학생들이 고교시절에 그의 작품을 접한 뒤 두 번 다시 가까이 하지 않으려 한다는 사실이다. 이유는 낭만주의 작품임에도 불구하고 읽기 까다로운 의고전문(擬古典文)으로 써 있기 때문이라고 한다.

그의 작품 대부분은 읽기 쉬운 현대문이지만 소위 초기 삼부작으로 불리는『마이히메(舞姬)』,『우타카타노키(うたかたの記)』,『후미즈카이(文づかい)』만은 그런 식으로 서술되어 있다. 그러니 이 세 작품을 먼저 읽은 사람이라면, 사람도 첫인상이 중요하듯이 처음 접하는 그의 소설에서 일종의 선입관이 생겼을 것이다.「오가이의 작품은 어렵다」라고 말이다.

또한 오가이만큼 안티세력을 갖게 된 근대작가도 없을 것이다. 앞서 말했듯이『마이히메』라는 작품에는 그의 경험이 많이 반영되어 있어서, 작품 속의 남자주인공을 오가이로 생각하고 읽는 독자들이 많기 때문이다. 현실과 허구 속의 두 인물을 동일시하고는 허구의 인물에 대한 평가를 현실의 인물에게 내리는 것이다. 즉 주인공에 대한 비난의 화살을 오가이가 맞아야 했던 것이다. 사실 상당 부분이 오가이의 체험담이라는 점에서 억울한 누명으로만 볼 수는 없을 것이다. 이 점에 대해서는 작품 연구가 끝난 뒤에 다시 얘기해 보도록 하자.

관료인 도요타로(豊太郎)는 베를린에서 유학하던 중, 교회 아래에서 울고 있던 엘리스라는 여자를 만난다. 아버지의 장례식비가 없어 울고 있던 엘리스는 도요타로에게 도움을 받는다.

소녀는 가난한 무희로 어머니를 부양하고 있었다. 그 뒤로 두 사람은 같이 살게 되었다.

하지만 친구인 아이자와(相澤)가 대신의 비서관으로 부임하며,

학력도 있고, 능력도 있으니, 여자 때문에 인생을 망치지 말게.

도요타로에게 엘리스와 헤어지고 다시 일할 것을 권한다.

도요타로… 아이가 생겼어요.

대신의 동비관으로 일하면서 마음속에서 야심이 다시 살아나는 것을 느낀 도요타로는 결국 임신한 엘리스를 놔두고 일본으로 귀국하게 된다.

아이자와로부터 이 소식을 전해들은 엘리스는 미쳐 버리고 만다.

③ 오가이를 위한 변명

오가이가 비난의 대상이 된 이유는 자신의 출세를 위해 한 여자의 인생을 망쳐버린 파렴치한으로 여겨지기 때문이다. 이유야 어찌 되었든 자신의 아이를 가진 여자를 버린 행위는 용서받을 수 없는 일이다. 게다가 소설 속의 엘리스는 미쳐버리기까지 하니 확실히 이런 점은 많은 여성들의 원성을 들을 만한 일이었다.

실제로 나는 『마이히메』를 가르친 적이 있다. 학생들에게 감상문을 쓰게 했는데 의외로 악역인 아이자와 겐키치(相澤謙吉)가 인기가 있었다. 남녀주인공은 모두 최악의 평가를 받았다. 남자 주인공 도요타로(豊太郎)에 대해서는 굳이 설명하지 않아도 알 것이다.

그런데 여주인공인 엘리스가 인기가 없었던 이유는 무엇일까. 어떻게 보면 작품 속 최대의 희생자로서 동정이 갈 만한 캐릭터인데도 현대 여학생들의 평은 냉정했다. 구차하게 남자에게 매달리다 미쳐버린 그녀가 수치스럽다는 이유에서였다. 지금의 독립적이고 진취적인 여성들의 사고방식에서는 조금 거슬리는 행동이었던 것이다. 솔직히 그녀가 남자 주인공을 깨끗하게 잊고 새로운 삶을 찾았다면 대수롭지 않은 일이 되었을 수도 있다는 생각을 한다. 왠지 보편적인 서양 여성의 이미지와 맞지 않는 여성 같다.

하지만 현대의 사고방식으로 근대문학을 이해하는 것은 매우 위험한 발상이라고 생각한다. 당시의 사회적 배경도 충분히 고려해야 할 것이다.

당시 일본사회는 남성이 절대적인 위치를 차지하여 여성은 종속적인 존재밖에 되지 않았다. 남편이 대놓고 바람을 피워도 부인은 그것에 대해 서운한 감정을 표현할 수도 없었다는 말이다. 하물며 도요타로와 엘리스는 정식으로 결혼한 사이도 아니었으니 거리낌 없이 그녀를 버릴 수도 있었을 것이다. 그러나 도요타로는 양심의 가책을 느끼고 괴로워한다. 오히려 그 시대에는 드문 남성상이라 할 수 있다.

또한 주인공은 베를린 유학을 한다. 당시의 유학은 국가의 미래를 짊어지고 떠난다는 개념이 강했다. 지금처럼 개인의 경험이나 실력을 쌓기 위해서 가는 유학과는 조금 다른 것이다. 더 비장함이 느껴진다고 할 수 있겠다. 국가의 전폭적인 지원을 받으며 떠난 유학길, 그런 상황에서 '국가'를 등지고 사랑을 택하기는 어려웠을 것이다. 그의 입장에서는 여자 때문에 나라를 배신할 수 없었을 것이다.

④ 『마이히메(舞姫)』의 결말과 '자아의식'

사실 도요타로는 엘리스에게 이별의 선고를 한 적이 없다. 엘리스에게 가던 도중, 그는 눈 오는 공원 벤치에서 몇 시간동안 고민했다. 물론 그녀와 헤어질 것인가 말 것인가에 대한 고민은 아니었다. 그녀와 헤어지고 귀국하기로 마음의 결정은 내렸지만, 어떻게 그 말을 전해야 할까 망설였던 것이다. 결국 엘리스의 집에 도착한 그는 무슨 말을 하기도 전에 쓰러져 버렸다. 그렇게 그가 인사불성이 되어 있는 사이에 친구인 아이자와(相澤)가 대신 엘리스에게 이별선고를 했다. 결국 그녀는 임신한 상태에서 미쳐 버리게 된다. 이 약간은 어처구니 없는 결말에 이시바시 닌게쓰(石橋忍月)라는 인물은 "너무 비약이 심하지 않냐"며 공격을 한 적이 있다. 그럼에도 오가이는 단호했다.

"만약 도요타로가 의식을 잃지 않았다면 결국 그녀를 버릴 수 없었을 것이다"라면서.

이전부터 말했다시피 이 소설은 자전적인 내용이다. 하지만 현실 속의 그녀는 그렇게 나약하지 않았다. 그녀는 일본까지 오가이를 쫓아왔으나, 오가이의 집안과 관료조직의 방해로 또다시 헤어지고 말았다. 정말 기구한 운명이라고밖에 할 수 없다.

다시 작품으로 돌아가자. 모범생처럼 윗사람의 말을 따르며 기계적으로 살다가 베를린의 자유롭고 로맨틱한 분위기를 만끽하게 된 도요타로는 자유를 얻은 대신에 현실적인 어려움을 겪게 된다. 처음에는 사랑하는 사람이 있다는 사실만으로도 좋았겠지만 이국의 대도시에서 불안정한 생활을 하면서 점점 희망이 없는 생활에 염증을 느끼게 되는 것이다. 결국 친구와 대신의 제의에 그는 굴복하고 만다. 예전의 생활로 돌아가겠다고 마음을 먹는다. 그렇지만 사랑하는 그녀를 배신해야 한다는 사실이 마음에 걸린다. 그렇다고 자신의 미래를 포기할 수는 없다.

그는 이러한 번뇌와 좌절의 과정을 거치면서 '자아'에 눈을 떠간다. '자아의 각성'이 나오는 일본 최초의 소설, 이것만으로도 작품이 지니는 가치와 역사적 의의는 충분하다고 생각한다.

⑤ 현실 속의 도요타로(豊太郎)

현실 속의 도요타로는 작가인 모리 오가이이다. 그렇다고 소설 속의 도요타로와 현실 속의 오가이가 완벽하게 일치한다는 뜻은 아니다. 오가이가 자신의 경험이나 심정을 상당 부분 투영시켰다는 점에서 두 사람을 동일시하는 것뿐이다. 내용적인 면에서도 다른 부분이 있다. 앞에서도 밝혔지만 현실 속의 엘리스, 즉 엘리제는 미치지 않았다.

오가이는 『마이히메』의 도요타로처럼 사랑하는 여인을 버리고 일본으로 돌아왔다. 이후 소설 속의 엘리스는 미쳤고 현실 속의 그녀는 일본까지 그를 쫓아왔다. 그러나 두 사람은 이루어지지 못했다. 오가이가 부모님이 정해주신 양가집 규수 도시코(登志子)와 결혼을 하게 되었기 때문이다.

그런데 나약해 보이는 오가이도 마음속의 응어리는 풀고 싶었던 모양이다. 결혼 후 보란 듯이 이 『마이히메』를 썼기 때문이다. 게다가 완성된 작품을 가족 전원이 모인 자리에서 낭독까지 했다고 한다. 결국 이 사건이 원인이 되어 도시코와의 결혼생활은 파경을 맞는다. 결혼하고 1년 반, 아이까지 태어난 후였다. 아마도 그는 평생 엘리스를 잊지 못했던 것 같다. 그의 아들조차도 "아버지가 유일하게 사랑한 사람은 엘리제이다"라는 말을 했을 정도이니, 그토록 사랑했던 그녀를 배신해야만 했던 심정을 어찌 감히 헤아릴 수 있겠는가.

재미있는 사실은 그가 『마이히메』 낭독 사건과 비슷한 일을 또 한 번 저질렀다는 것이다. 지난번과 마찬가지로 가족들을 불러 모아서 유서를 낭독하게 한 것이다. 이때는 가코 쓰룬도(賀古鶴場)라는 친구에게 대신 낭독해 줄 것을 부탁했다고 한다.

그 내용이 얼마나 충격적인 것인지 알아보도록 하자. 그는 유서에서 "모든 승진(昇進)을 사퇴(辭退)한다"고 했다. 즉, 자신의 지위를 버리겠다는 것이다. 당시의 그는 육군 중장(中將)이었는데 죽으면

관습에 따라서 대장까지 되었을 터였다. 그것은 개인뿐만 아니라 가문의 영광이라 할 수 있었다. 그런데 그는 황족급과 맞먹는 그 자리를 포기하고 만 것이다.

결연한 그의 의지는 유서의 마지막 구절에서도 볼 수 있다. 원래 모리 오가이의 본명은 모리 린타로(森林太郎)인데, "무덤에는 '이와미 사람(石見人) 모리 린타로' 외에 한 자도 적지 말라"고 했기 때문이다. 자기애(自己愛), 넓게 본다면 '자유'를 억압하던 군인이나 문학가로서의 신분을 부정하고 싶었던 것처럼 보인다. 죽어서나마 자유를 꿈꿀 정도로 그의 생애는 억압적이었던 것 같다.

⑥ 모리 린타로(森林太郎)에 대한 열망

무덤에는 모리 린타로라는 이름 외에 아무 것도 적지 않을 것을 원했지만, 사실 독일 유학에서 돌아온 직후부터 모리 린타로로서의 삶은 없었다. 단적인 예가 『망상(妄想)』이라는 작품에 나오는 "모리 린타로로서 한마디도 하지 않겠다"라는 구절이다. "나는 독일에서 행복의 파랑새를 가지고 돌아왔다. 그런데 파랑새는 배가 일본에 닿기도 전에 죽고 말았다"라는 표현도 있다. 무슨 의미인지 생각해 보자.

그는 독일에서 근대적인 사상을 가지고 돌아왔다. 하지만 그 새로운 사상이 자신에게는 독이 된다는 것을 이미 알고 있었던 듯하다. 기존 세력들이 그를 견제할 것은 불 보듯 뻔했기 때문이다. 그래서 아예 모든 것을 포기해 버린 것이다. 모리 린타로로서의 자신을 말이다. 죽어서 만큼은 진정한 자신의 모습을 찾길 원한 듯한데, 정말 알면 알수록 안타까운 인물이다.

⑦ 시대를 앞서간 죄

솔직히 오가이만 자유를 억압당한 것은 아니었다. 봉건적인 에도 시대가 사라지기는 했지만 여전히 국가와 가족을 위해 개인의 희생을 강요하던 시대였기 때문이다. 단지 그의 의식이 시대를 너무 앞서간 것이다. '자아'에 눈을 뜨고 말았던 것이다. 때문에 당시 사람이라면 누구나 기꺼이 자신을 희생했을 일에도 그는 망설였다. 결국엔 굴복하고 좌절한다 해도 말이다. 만약 그가 '자아의식'도 없고 '개인의 자유'도 모르는 사람이었다면 그의 인생은 조금 편해지지 않았을까. 대신 그의 고뇌가 고스란히 묻어나는 주옥같은 작품들도 나오지 않았겠지만 말이다. 나카무라 미쓰오(中村光夫)는 "탁월한 재능을 타고난 그가 주위에 적응하고 출세가도를 달리면서도 이런 삶의 방식에 회의를 품고 불만을 느끼는 여력을 지니고 있었다."고 평가한다. 이런 회의와 불만이 인간적 그늘이 되어 그의 문학을 낳는 원동력이 되었던 것이다.

현실에 별다른 저항 없이 굴복한 면에서 본다면 분명 그는 비겁자이다. 그러나 그 이면에 보이는 고뇌와 좌절이 섣부른 판단을 유보시킨다. 아무튼 나는 그가 시대의 희생자였다는 데 한 표를 던지겠다.

⑧ 쓰보우치 쇼요와의 몰이상논쟁(沒理想論爭)

귀국 초기의 그는 나름대로 기성세력에 저항을 했다. 처음에는 일본 평론의 출발이라 할 수 있는 『시가라미조시(しがらみ草紙)』라는 평론지를 창간했다. 거기서 철저하게 옛 것과 싸웠다. 이를 「전투적 계몽운동」이라고 한다. 그리고 결국 그로 인해 군부로부터 문학활동

중지 명령을 받았다. 이것도 하나의 좌절이었을 것이다.

　이처럼 비평의 힘으로 문학의 지위를 확립하고 근대예술의 이념을 보급하려 했던 그의 평론 활동 중에서 가장 이슈가 되었던 것은 쓰보우치와의 '몰이상논쟁'이다. 그는 쓰보우치의 문학에는 "이데아(Idea)가 없다"고 비판했다. 이에 쓰보우치는 "특정한 이상을 갖지 않고 쓰는 것이 문학이다"라고 화답했다.

　쓰보우치의 사실주의는 '주관을 배제'하는 것이 포인트였다. 인정과 풍속을 있는 그대로 그린다는 것은 작가의 주관적 이념이 개입돼서는 안 된다는 의미이기도 하다. 그러나 사실 쓰보우치의 사실주의는 제국대학에서 습득한 영문학 자식을 밑바탕으로 한 것이다. 이는 영국의 합리적인 정신에 기초한 문학이론에 힘입어 이념으로서의 소설양식은 확립할 수 있었다 해도 실제로 그런 작품을 쓸 수 있느냐의 문제로 이어진다. 그가 쓴 작품 역시 게사쿠문학의 아류에 가까운 것이었으니 이론적으로는 근대화를 이루었을지 몰라도 실천적인 면에서는 결과가 좋지 못했다는 뜻이다.

　그것이 독일에서 최첨단 문학을 체험한데다가 '자아'라는 개념을 인식하고 미적 이상으로 현실을 재단하려 했던 오가이에게는 불만이었던 듯하다. 무릇 작가란 확고한 이데아를 가지고 현상을 비추지 않으면 안 된다고 여겼기 때문이다. 그러나 두 사람 모두 서양의 안경으로 일본의 문학을 바라보았다는데 그 문제점이 있다. 쓰보우치는 영국의 셰익스피어, 모리 오가이는 하르트만, 실러 등 서구의 대가들을 그 비평의 기준으로 삼고 있었다. 때문에 둘의 논쟁은 당시의 문학계에 그다지 실질적 영향을 주지 못하고 결론을 내지 못한 채 흐지부지 끝이 난다.

3. 『문학계(文學界)』

모리 오가이가 낭만주의를
최초로 도입한 작가임에는 틀
림없지만 그렇다고 그를 낭만
주의 작가로 규정할 수는 없다.
낭만주의적 성향은 그의 몇몇
초기 작품에서만 보이는 것으
로 이후의 행보는 전혀 다르다
고 할 수 있기 때문이다. 실제
로 낭만주의 운동을 주도한 것
은 기타무라 도코쿠를 중심으
로 한 『문학계』였다.

『문학계』 창간호

특히 이 『문학계』가 기독교계 학교인 메이지 여학교의 관계자들
이 주축이 되어 만들어졌던 만큼 그 성립 초기에는 기독교적 색채가
강했다. 사실 메이지 시대 지식인들은 기독교에 많은 영향을 받았는
데, 그것이 비록 신앙이라는 관점에서 벗어나 있다 해도 메이지 문학
인들의 출발점에 기독교의 충격이 있다는 사실을 부정하기는 어렵
다. 이러한 기독교의 영·육 분리와 영국 세계관은 특히 메이지 낭만
주의의 정신적 기반이 되었다.

기타무라 도코쿠 역시 기독교 신앙을 통해 영혼과 영혼의 결합으
로서의 신성한 자유연애관, 연애지상주의를 형성해 간다. 낭만주의
문예사조는 사춘기 소년·소녀와 같이 순수한 이상을 품고 자유와 사
랑을 노래하여 아름다운 미래를 상상했다. 그러나 이상을 현실과 동

일시하는 것은 위험한 발상이라고 생각한다. 자칫 현실을 왜곡된 시선으로 바라보게 되어 스스로를 옭아매는 결과를 초래할 수도 있기 때문이다. 기타무라 도코쿠의 자살이 이를 말해준다. 그러나 낭만주의는 그의 죽음에 굴하지 않고 꿋꿋하게 이상을 추구했다.

4. 처절하고 치열했던 삶 – 기타무라 도코쿠(北村透谷)

기타무라 도코쿠(1866~1894)

기타무라 도코쿠는 자신의 이상을 현실화하고 싶어 했던 사람이다. 그런 만큼 그는 직접 자유민권운동에 나서기도 했다. 하지만 현실의 냉혹함을 여러분들도 잘 알 것이다. 좀처럼 이상이라는 것이 날개를 펼 수 있는 틈을 허용하지 않는다. 자신만만하게 앞으로 돌진했던 그는 결국 그 자신감 이상의 좌절을 맛보게 된다. 안타깝지만 그것이 현실이었다.

그의 본업은 시인이지만 평론으로 더욱 유명하다. 특히 이시자카 미나코(石坂美那子)와의 연애 결혼, 기독교 신앙을 통해 형성된 자신의 연애관을 피력하는 평론들은 젊은 지식층에 커다란 충격과 감동을 주었다.

"연애는 인간 세상의 비밀을 푸는 열쇠"라는 명구로 시작하는 「염

세시인과 여성(厭世詩家と女性)」에서는 여성을 격렬히 갈구하면서도 이것이 조화로운 생활을 어지럽히는 고통을 토로하고 남녀의 정신적 사랑에 큰 가치를 인정했다. 이는 연애를 단순히 육욕적 과실로 보고 부정적으로 격하시키는 당시의 상식을 뒤집는 사고였다. 1892년에 발표한 『내부생명론(內部生命論)』 역시 기타무라를 얘기함에 있어 빼놓을 수 없는 평론이다. 언뜻 제목만 보면 어려운 과학서적 같은 것으로 보일 수 있으나 과학과 무관하게 심오한 내용을 다루고 있다. 책에서 그는 "인간 내부의 근원적인 생명력은 무엇인가. 그것은 바로 연애이다"라는 요지의 주장을 펼친다.

이 평론 또한 크리스트교 사상의 영향을 받았다. 성당의 거대한 스테인드글라스를 통해 투영되는 찬란하고 강렬한 빛, 그 화려하면서도 엄중한 분위기 속에서 두 손을 꼭 맞잡고 있는 남녀, 이와 비슷한 장면을 영화나 드라마, 혹은 만화에서 본 기억이 있을 것이다. 일본에서는 기타무라 도코쿠에 의해서 이러한 연애의 이미지가 생겨났다. 진정 "낭만주의답다"는 생각이 들지 않는가.

하지만 그의 일생은 그다지 낭만적이라고 할 수 없다. 그가 초기에 자유민권운동에 참여했던 사실이 말해주듯 그는 정치와 사회 그리고 종교 문제로 끊임없이 고뇌하고 표류하던 사람이었다. 혁명적 낭만가였던 그는 커져만 가는 이상과 현실 사이의 괴리감 때문에 괴로워하다 결국 관념의 세계로 도망가는 선택을 하게 된다. 너무나 순수했기 때문에 적당히 현실과 타협하는 법을 몰랐던 것이다. 하지만 그 도망자 생활도 그리 오래가지 못한다. 그는 25세의 젊은 나이에 공원 나무에 목을 매달아서 스스로 목숨을 끊는다. 친구인 시마자키 도손이 그의 죽음에 대해 "나는 더러워도 좋으니 살아있고 싶다"라는 코

『호토토기스』

멘트를 남긴 것을 보면 그가 얼마나 순수하게 이상을 추구했던 사람인지를 짐작할 수 있으리라 생각한다.

이 기타무라 도코쿠는 같은 낭만주의 작가인 모리 오가이와 대조적인 모습을 보인다. 오가이가 때를 기다릴 줄 아는 사람이었다면 도코쿠는 시대가 자신을 따르도록 만들려고 한 인물이었다고 해야 할 것이다. 그렇다고 한 쪽은 비겁했고 한 쪽은 용감했다거나, 한 쪽은 현명했고 한 쪽은 무모했다는 식의 평가를 해서는 안 될 것이다. 그들은 각자 나름대로의 문학, 그리고 인생을 추구했던 것뿐이다.

5. 그 외 주요 작가와 작품들

비슷한 시기에 활동하던 작가로 우선 『호토토기스』라는 작품을 쓴 도쿠토미 로카(德富蘆花)를 얘기하고 싶다. 혹시 이 작가와 작품에 대해서 기억하는가. 오자키 고요의 『곤지키야샤』와 더불어 메이지 시대 2대 베스트셀러라고 의고전주의 설명 부분에서 잠깐 거론한 적이 있다.

※『호토토기스(不如帰)』줄거리

하얀 피부에 갸름한 얼굴을 가진 말이 없고 얌전한 나미코(浪子)는 계모 밑에서 자랐다. 나미코는 계모를 잘 따랐지만 계모는 나미코를 구박했다. 나미코는 18세에 해군 소령 남작인 가와시마 다케오(川島武男)와 결혼한다. 그리고 아버지 옆에 있는 것 같은 안정감을 주는 남편과 행복한 신혼여행을 즐긴다.

신혼여행에서 돌아온 뒤 남편 다케오는 원양 항해를 떠나고 시어머니는 지병인 류머티즘이 발병해 신경질적이 된다. 그러던 중 나미코는 폐결핵에 걸리게 되고 다케오의 어머니는 병을 핑계로 나미코를 친정으로 돌려보낼 것을 제안하지만 다케오는 이를 거절한다. 하지만 어머니는 나미코를 친정으로 보내버리고 이에 격분한 다케오는 군대로 돌아간다. 그리고 해상에서 부상을 당해 병원에 입원하게 된 다케오는 나미코의 정성어린 선물과 사랑이 어린 편지를 받는다.

생명이 얼마 남지 않은 나미코는 여행 도중 스쳐지나가는 차창 너머로 다케오와 재회한다. 그러나 이는 둘의 마지막 만남이었고 나미코는 두 번 다시 여자로 태어나지 않겠다고 말하며 숨을 거둔다.

어쩐지 메이지 시대 2대 베스트셀러는 모두 '눈물 없이는 볼 수 없는' 이야기인 것 같다. 지금은 질질 짜는 최루성 이야기를 싫어하는 사람들이 늘어난 것 같지만 옛날에는 이런 눈물샘을 자극하는 작품들이 잘 팔렸다. 참고로『호토토기스』는 당시로서는 경이적이라 할 수 있는 50만 부의 판매기록을 세웠다고 한다.

그리고 산문시에 가까운『무사시노(武蔵野)』라는 작품을 쓴 쿠니키다 돗포(国木田獨歩)는 초기에는 낭만주의 작품을 썼지만 후에 자연주의가 된다. 낭만에 대한 환상이 깨졌거나 한계를 느꼈기 때

구니키다 돗포(1871~1907)

문이라고 생각한다.

의고전주의 부분에서 나왔던 이즈미 교카나 히구치 이치요도 잊어서는 안 되겠다. 명확하게 어느 사조라고 구분하기 어렵기 때문에 양쪽 다 생각해 두었으면 한다.

6. 사춘기의 개성

앞에서 언급했듯이 『문학계』는 성립 초기에 기독교적 색채가 강했다. 특히 『문학계』의 지도적 존재였던 기타무라에 의해 이 잡지의 방향이 결정되었다 할 수 있다. 그런데 기타무라의 죽음이 하나의 전기가 되어 『문학계』의 성격은 변화되기 시작한다. 시마자키 도손은 "기독교적 고민에서 약간 멀어지고 서구 문예 부흥의 탐구"로 나아가게 되었기 때문이라고 설명한다.

서구에 있어서 기독교로부터 르네상스로의 이동은 인간 감정의 해방과 개인의 자각, 그리고 이에 의한 육체의 긍정과 관능의 인정을 의미한다. 일본의 낭만주의 작가들은 이제 종교적 사상과 깊은 연관을 맺고 있는 인간의 삶이나 사회 문제에서 탈피하여 예술 지상주의적 '미'의 탐구와 개인적 개성과 자유를 추구하게 된다.

낭만주의 시대는 '자아'를 의식하기 시작하면서 개인의 개성과 감성을 존중하는 분위기였다. 따라서 여러 작품들이 각각의 개성을 인정받을 수 있었다. 요컨대 특별한 작풍은 존재하지 않았지만, 덕분에 다양한 문학이 생겨났던 것이다.

　상상력이 풍부해지는 사춘기, 그 상상력이 개성 뚜렷한 문학 작품들을 낳았다고 생각하면 될 것이다.

● ● 복습시간 ● ●

1. 각각의 개성이나 감정을 존중하여 「자아」의 각성에 결정적인 영향을 미친 문예사조는 무엇인가.

2. 모리 오가이(森鴎外)는 일본 최초로 낭만주의를 작품 속에 도입한 인물이다. 그렇다면 그의 대표적인 낭만주의 작품으로 자전적인 경향이 매우 강한 소설의 제목은 무엇인가.

3. 문학관(文學觀) 및 연구 방법을 둘러싸고 쓰보우치 쇼요와 모리 오가이가 벌인 문학논쟁을 일컬어 무엇이라 하는가.

4. 낭만주의 운동은 한 동인잡지를 중심으로 이루어졌다. 기타무라 도코쿠(北村透谷)가 핵심멤버로 참여한 이 잡지의 이름은 무엇인가.

5. 육체적인 외부 생명뿐만 아니라 인간 독자의 정신적인 내부적 생명이 실존한다는 주장을 한 기타무라 도코쿠의 유명한 평론은?

● ●답변● ●

1. 낭만주의

2.『마이히메(舞姫)』

3. 몰이상논쟁(沒理想論爭)

4.『문학계(文學界)』

5.『내부생명론(內部生命論)』

자연주의

서양의 새로운 문예사조 가운데 1900년대인 메이지 30년대 후반부터 10년에 가까운 세월 동안 살아남은 사상이 있었으니, 이것이 바로 자연주의이다. 낭만주의가 '지나치게 이상만을 추구하고 관념적'이었다면, 자연주의는 '이상이나 관념을 버리고 현실을 중시'하는 것이 기본 명제라고 볼 수 있다. 어떻게 보면 사실주의와도 관련이 있는 사상인 것 같다. 자연주의는 메이지 문학의 도달점이자 이후의 일본문학의 토대가 되었다. 자연주의에 공감하든 비판적 입장을 견지하든, 그 중심축에는 자연주의가 자리잡고 있었기 때문이다.

전기 자연주의

1. 졸라이즘(Zolaism)

자연주의는 19세기 프랑스를 중심으로 붐을 일으킨 문예사조이다. 프랑스 작가 에밀 졸라(Emile Zola)가 처음 제창한 것으로, 그의 이름을 따서 '졸라이즘(Zolaism)'이라는 표현을 쓰기도 한다. 그의 주장의 핵심은 문학도 과학실험과 같이 철저하게 객관적으로 묘사해야 한다는 것인데, 쉽게 말하면 '과학과 실증주의'를 문학에 도입하자는 것이다. 과학을 맹신하던 당시 유럽의 시대상황과 맞물려서 나온 것이 아닐까 생각한다.

이 졸라이즘은 낭만주의의 약점을 파고들었다. 낭만주의는 지나치게 관념적이고 리얼리티가 떨어지는 경향이 있다. 사춘기 시절, 지루한 수업 시간에 혼자 이것저것 상상하던 것을 떠올려 보자. 되고 싶은 것, 하고 싶은 것들이 모두 순식간에 이루어진다. 거기에 논리적인 전개는 필요 없다. 만약 현실로 재구성한다면 어색하고 추할 부분들도 상상 속에서는 적당히 미화되고 편집되는 것이 보통이다. 낭만주의는 이러한 것과 비슷한 성향을 가지고 있다. 즉, 비논리적·비과학적이라는 것이다. 이와 반대로 졸라이즘은 치밀하게 상황전개를 펼쳐가는 것이 특징이다. 모든 사건의 인과관계가 객관적으로 설명되어야만 한다.

예를 들어 한 남자가 있다고 하자. 재벌 아들인 그는 학벌도 좋고 못하는 운동도 없다. 게다가 외모도 출중하기 때문에 모든 여성들의 사랑을 한 몸에 받는다. 낭만주의 관점에서 보면 이것은 별로 이상할 것이 없다. 오히려 낭만주의가 추구하는 이상의 남성상이라 할 수 있을 것이다.

그러나 졸라이즘의 관점에서 본다면 문제가 다르다. 우선 이런 완벽한 남자가 존재할 확률을 과학적으로 따져 봐야 한다. 아마 절망적인 수치가 나올 것이다. 그 다음에는 바로 객관적인 분석에 들어간다. 어떻게 재벌 아들이 되었는지, 학벌이 좋은 이유는 무엇인지, 운동을 잘하게 된 이유, 그의 외모가 여자들에게 인기가 많은 이유는 등등의 것들을 모두 설명할 수 있어야 하는 것이다.

낭만주의 문학으로서는 전혀 문제될 것이 없는 내용이 졸라이즘 입장에서는 순도 99.999퍼센트의 엉터리 문학이 되는 것이다.

이 졸라이즘의 열풍은 일본에도 들이닥쳤다. 그것이 최초로 도입된 작품은 나가이 가후(永井荷風)의 『지옥의 꽃(地獄の花)』으로, 비교적 정확하게 졸라의 방법이 사용되었다고 평가받는 작품이다. 그러나 초창기의 극소수 작품을 제외하고, 이후의 자연주의 작품은 서양의 그것과는 많은 차이를 보인다. 일본풍(和風) 자연주의라고 해야 할까. 자신들 편한 대로 자연주의의 본질을 왜곡해 버린 것이다. 그래서 서양의 자연주의인 졸라이즘을 '전기 자연주의'라고 하여 이후 나타나는 일본풍 자연주의와 구분하기도 한다.

자연주의

이번에는 일본이 어떤 식으로 서양의 자연주의를 왜곡했는지 알아보도록 하자. 그들은 '과학적이고 실증적'으로 작품을 써 가는 것에 자신이 없었던 모양이다. 아니면 객관적 상황과 허구적 구성 속에서 실제로 있을 법한 사실을 그린다고 하는 '소설적 사실'의 의미가 분명하게 와 닿지 않았는지도 모르겠다. 그래서 그들은 허위와 거짓을 버리기 위해 아예 자신들의 체험담을 작품으로 만들었다. 불륜과 같이 민감한 사항을 적나라하게 드러내 보인 것이다. 체험이 전제되어 있다면 굳이 과학적이고 실증적으로 생각하지 않아도 객관성을 확보할 수 있다고 생각했던 것이다. 그리고 그 결과 일본의 자연주의는 서양의 자연주의와 다른 길을 가게 되었다.

결국 일본의 자연주의 문학자들은 자신의 추한 부분까지도 모두 '고백'하는 모습을 보인다. 이것이 '인간이란 무엇인가'라는 명제의 답을 추구하는 길이요, 궁극적으로는 진실을 추구하는 길이라고 믿은 것이다. 비록 그 고백 내용이 감정적이고 지저분하기는 해도 그것이 일본 대중에게 어필했다는 점만은 간과할 수 없겠다.

1. 시대상황

사실 어떤 문예사조가 하나의 큰 흐름으로 자리 잡기 위해서는 시대상황이라는 것도 무시할 수 없다. 예를 들어 낭만주의 사상이 유입되던 때는 청일전쟁의 승리로 사회 분위기가 좋을 때였다. 내일 당장 먹을 끼니를 걱정해야 하는 상황이었다면 결코 낭만주의 사상이 꽃

청일전쟁

을 피울 수 없었을 것이다. 꿈과 희망은 기본적인 의식주가 해결되어야만 보이기 시작하는 것이기 때문이다.

그렇다면 적나라한 자기 고백적 소설이 나오게 된 자연주의 시대는 어떠했을까. 일본의 자연주의 문학이 융성기를 맞이하기 위해서는 러일전쟁이라는 커다란 시련이 필요했다. 청일전쟁과는 비교도 할 수 없을 만한 규모의 싸움이었기에 전쟁 전부터 일본국민이 겪은 곤란과 압박은 대단한 것이었다. 이런 러일전쟁의 승리로 일본 열도는 흥분했으나 승리의 결과는 보다 다양하고 복잡한 양상으로 나타났다. 그리고 중요한 점은 자본주의 경제가 시작되었다는 것이다. 전쟁을 기회로 엄청난 부를 축적한 자본가들이 생겨났다. 그와 반대로 그들에게 착취당하는 노동자 계급도 생겨났다. 이것은 빈부 격차, 차별 등의 사회적 문제가 생겨났다는 것을 의미한다. 전쟁 후 불안한 사회 상황 속에서 사회적 모순이나 민중의 비참한 삶이 부각되기 시작했으며 작가들은 거기에서 인간 내면의 적나라한 모습을 보게 되었다. 아름답게만 보였던 봄날은 가고 현실적인 문제들이 눈에 보이기 시작한 것이다.

이제 낭만주의 문학은 더 이상 통하지 않게 되었다. 당장 해결해야 할 현실적인 문제들이 산더미 같은데 한가하게 이상 추구를 노래하고 있을 여유가 없었기 때문이다. 그 대신에 인간의 더럽고 추악한 부분까지 있는 그대로 그리자는 자연주의가 자리를 차지하게 되었다. 그리고 이런 사회 현실을 짧은 운문으로는 다 표현할 수가 없었기에 자연스럽게 표현수단으로서 산문문학이 주류를 이루게 된다. 진정한 소설의 전성시대가 도래한 것이다.

2. 일본 자연주의의 시작 — 시마자키 도손(島崎藤村)의 『파계(破戒)』

시마자키 도손은 원래 낭만주의 시를 쓰던 인물로『문학계』의 핵심인물 중 한 명이었다. 그런 그가 돌연『파계』라는 소설 작품으로 일본 자연주의의 서막을 알리는 신호탄을 쏘아 올렸다. 이 갑작스런 심경 변화의 원인은 무엇일까.

그는 자신의 절친한 친구였던 기타무라 도코쿠의 자살을 계기로 현실과 동떨어진 낭만주의에 한계를 느꼈다. 기타무라 도코쿠는 현실을 외면하고 관념의 세계에 빠져 이상을 추구했다. 그는 결국 현실과 이상 사이의 한계를 극복하지 못해 죽음에 이르렀는데, 이때 도손은 마약과도 같은 관념의 세계에 질려버린 듯하다. 현실의 시름을 잊고 환상 속에서 살 수는 있지만 어느 날 문득 깨달았을 때는 그 관념이 엄청난 독이 되어 자신을 죽이고 있기 때문이다. 그래서 더럽고 비참하지만 살아남을 수 있는 현실 쪽을 택한 것으로 보인다.

시로 문학활동을 시작한 그가 시에서 소설로 전향한 이유에도 현실적인 문제가 작용했다. 원래 그는 여학교의 선생님으로 일정한 수입이 있었다. 그러나 사토 스케코(佐藤輔子)라는 제자와의 부적절한 관계가 알려져서 학교를 그만두게 되었다. 이는 도손에게 매우 큰 타격이 아닐 수 없었다. 시인으로서의 수입도 거의 없는 판국에 교직까지 물러난다면 정상적인 생활을 할 수 없었기 때문이다. 다

시마자키 도손
(1872~1943)

른 이유도 복합적으로 작용했겠지만 위의 이유로 시보다는 좋은 수입을 기대할 수 있는 소설을 택한 것이다.

> ***『파계(破戒)』줄거리**
>
> 차별을 받던 부락 출신의 소학교 교사인 세가와 우시마쓰(瀨川丑松)는 출세하려면 혈통을 밝혀서는 안 된다는 아버지의 말에 따라 그 사실을 숨기며 살고 있다. 아이들은 그를 따르지만 교장이나 동료들은 그를 배척하려고 한다. 아버지의 급사에 그는 고향으로 달려가게 되고 아버지는 돌아가시면서도 그에게 잊지 말라는 말을 남긴다.
>
> 학교 교사 중에 부락민 출신이 있다는 소문이 퍼져 그의 비밀이 서서히 폭로되려 할 때쯤 부락 출신임을 숨기지 않고 당당히 싸우다가 죽은 이노코 렌타로(猪子 蓮太郞)를 본다. 이에 우시마쓰는 거짓에 찼던 자신의 인생을 돌아보고 학생들 앞에서 자신이 부락 출신임을 고백하게 된다.
>
> 우시마쓰는 학교를 사직하고 미국의 텍사스로 가기로 결심, 이노코의 유골을 안고 뜨거운 눈물을 흘리며 도쿄를 떠나게 된다.

이 작품은 신분제가 사라졌다고는 하지만 당시 공공연하게 자행되던 차별문제를 다루고 있다. 지금까지의 다소 비현실적인 작품들과는 달리 현실을 직시하는 모습을 보인다. 더럽고 추한 부분까지 정면에서 비추고 있는 것이다. 결론적으로 이 작품은 성공을 거둔다. 많은 사람들이 참신하면서도 공감이 가는 주제에 호응을 한 것이다. 이때부터 일본 근대문학의 흐름은 낭만주의에서 자연주의로 바뀌게 된다.

만약 『파계』가 실패했다면 도손의 인생은 어떻게 되었을까. 처음 이 작품을 받아주는 출판사는 어디에도 없었다. 당시 일본 문단의 대

세였던 낭만주의와 맞지 않았기 때문이다. 결국 그는 가뜩이나 없는 살림에 사비를 들여서 출판을 하는 모험을 감행한다. 만약 실패한다면 그 자신뿐만 아니라 가족 모두가 생존의 위협을 받을 정도로 심각한 상황이었던 것이다. 실제로 집필 기간동안 3명의 아이를 영양실조로 잃기도 했다. 문학에 대한 집념은 대단하다고 할 수 있지만 한 가정의 가장으로서의 시마자키 도손은 비난받아 마땅할 것이다. 굶주림에 죽어갔을 아이들을 생각하면 씁쓸한 마음을 지울 수 없다.

3. 리얼리즘, 그 적나라함—다야마 가타이(田山花袋)의 『후톤(蒲団)』

다야마 가타이(1871~1930)

도손의 『파계』와 함께 다야마 가타이(田山花袋)의 『후톤(蒲団)』도 알아두는 것이 좋다. 이 작품은 1906년에 발표된 『파계』보다 1년 늦게 세상에 나온다. 그러나 이 작품이 일본인들에게 준 충격은 『파계』 이상의 것이라고 볼 수 있다. 금기시되던 여성의 육체를 노골적이고 적나라하게 묘사했기 때문이다. 책 속의 주인공이 실제 작가의 모습과 일치하는 부분이 많다는 점도 충격적이었다. 누가 봐도 이것은 다야마 가타이 자신의 경험담으로 보였으니까 말이다. 그럼 우선 대강의 줄거리를 보고 다시 얘기하도록 하자.

중년의 소설가인 나에게 소설을 배우겠다며 한 여제자가 들어온다.

하지만 나는 젊은 여제자에게 사랑을 느끼게 되었다.

썩 나가버려!

여제자에게 남자가 생겨 그녀가 연애에 열중하자 이에 화를 내며 그녀를 쫓아내 버린다.

그리고는 그녀의 방에 깔려 있는 이불을 뒤집어쓰고, 그녀의 체취를 맡으며 눈물을 흘린다.

질투로 이성을 잃어버린 추악한 중년남성의 모습이 보인다. 이런 내용은 당시로서는 상상할 수 없는 것이었다. 현실을 미화하는 낭만주의와는 코드가 전혀 달랐다. 대부분의 낭만주의 작품을 보면 여성은 이슬만 먹고 살며 화장실에도 절대 가지 않을 것 같은 느낌이 든다. 그러나 이 작품에서는 여성의 더럽고 추한 부분까지 적나라하게 묘사되었다. 그것이 현실이었기 때문이다.

그리고 이때부터 일본의 자연주의는 서양의 그것과는 다른 양상을 띠게 된다. 『파계』는 어느 정도 서구의 자연주의와 일맥상통하는 부분이 있었지만 『후톤』은 달랐다. 서양의 자연주의가 현실을 허구 속에서 재구성하는 것에 비해 이 작품은 그런 복잡한 과정을 생략하고 아예 자신의 경험을 있는 그대로 적나라하게 묘사한 것이다.

주인공은 곧 작가 자신이었다. 또한 거기에는 자기반성이나 비판이 전혀 보이지 않았다. 이것은 비단 『후톤』만의 문제가 아니라 일본 자연주의 전체의 문제라고 할 수 있다. 『후톤』이 크게 성공을 거두면서 이후 자연주의 작품들이 대부분 비슷한 경향을 갖고 나오게 된다. 그 결과 인간의 본능과 자기 고백이라는 양 기둥을 형성하게 된다. 즉, 자신의 성적 체험 등을 아무런 반성 없이 노골적으로 묘사하기만 하는 분위기가 형성된 것이다. 사실 이러한 이유로 일본의 자연주의는 그리 좋은 평가를 받지 못하고 있다.

참고로 가타이의 『시골교사(田舍教師)』라는 작품도 기억해 두었으면 한다. 이 작품에서는 등장인물들의 내면심리를 배제하고 겉으로 보이는 외면적 사실만을 서술하는 평면묘사의 방법이 사용되고 있다. 쉽게 말하면 전지적 시점이 아닌 관찰자 시점으로 이야기를 풀어나가는 방식이라고 할 수 있다.

4. 남자, 새롭게 태어나다―시마자키 도손의 『신생(新生)』사건

다시 도손으로 돌아와서, 그는 『파계』 다음으로 『봄(春)』이라는 작품을 쓴다. 『문학계』 동인 시절의 자신을 모델로 한 것으로, 청년 시절의 이상과 현실을 그렸다. 이 무렵부터 그도 '사소설(私小説)'을 쓰기 시작한 것이다.

이후의 작품으로는 그의 대표작이라 할 수 있는 장편소설 『집(家)』이 있다. 지방의 구가가 몰락해 가는 십여년의 역사 속에서, 새로운 가문을 만들기 위해 하염없이 애쓰는 주인공의 모습에서 우리는 가난한 인생 행로를 걸었던 시마자키와 만나게 된다. 그러나 그보다 더 흥미로운 작품은 『신생』이다. 만약 이 작품을 읽게 된다면 우선 그 내용의 파격성에 놀라고, 그것이 실화라는 사실에 또 한 번 놀라게 될 것이다.

※『신생(新生)』줄거리

중년 작가 기시모토(岸本)는 세 아이와 아내를 잃고 삼 년 가까이 집필에 열중해 왔다. 남은 네 아이를 보살피기 위해 그의 집에는 조카딸 세쓰코(節子)가 와 있었는데 기시모토는 세쓰코를 임신시키는 죄를 범하게 된다. 때문에 잠도 못 자고 근심하던 기시모토는 혼자서 프랑스로 도피해 버린다. 한편 세쓰코는 아이를 낳아 양자로 보내게 된다.

삼 년의 외국생활을 마치고 귀국한 기시모토는 세쓰코를 결혼시키고 자신도 재혼하고 아이들을 키우는 것에 전념하겠다고 결심하지만 어느 날 세쓰코에게 키스를 하게 되고 둘은 관계를 회복하기에 이른다.

대부분의 일본 자연주의 작품이 그러하듯이 『신생』의 주인공 역시 작자인 시마자키 도손이 모델이다. 『파계』가 성공을 거둔 후 부인을 잃은 그는 아이들을 돌보아 줄 사람이 필요했다. 그래서 고마코(駒子)라는 어린 조카를 데리고 온다. 여기서부터 또 하나의 비극이 시작된 것이다.

그는 어린 고마코까지 성의 노리개로 삼았고 고마코가 임신하게 되자 비겁하게 프랑스로 도망을 간다. 도손은 아무래도 소아성애(小兒性愛), 일명 로리콤 환자가 아니었을까 생각된다. 여제자를 건드리다 학교에서 쫓겨난 것도 모자라 자신의 조카에게까지 손을 뻗치고 말았으니 말이다. 지금 같으면 적어도 몇 년은 감옥신세를 져야 할 엄청난 사건이다.

그러나 감옥이 아닌 프랑스에서 몇 년을 생활하던 그는 돌연 귀국한 뒤 『신생』을 발표한다. 고마코와의 사건이 여전히 일본 사회에서 이슈가 되고 있던 상황에서 말이다. 작품에서는 사건의 경위가 낱낱이 밝혀져 있다. 모든 것을 고백하고 새롭게 태어나겠다는 그의 의지가 보이는 것이다. 이것으로 그의 소설가로서의 최대 위기는 해결이 되지만 회복할 수 없는 큰 상처를 입은 고마코를 생각하면 그 마음이 기쁘기만 할 수는 없을 것이다.

『신생』은 어떻게 보면 일종의 '참회록'이라고 할 수 있다. 도손 역시 기타무라 도코쿠와 마찬가지로 크리스트교의 영향을 받았다. 비록 여제자와의 스캔들로 인해 크리스천이기를 포기하게 되지만 그는 마치 고해성사를 하는 것처럼 소설을 통해 자신의 죄를 고백했다. 그렇게 하면 대중들로부터 "너의 죄를 사하노라"라는 답변을 들을 수 있을 것으로 생각한 것일지도 모른다. 일단 저지르고 본 뒤에 고백만 하면 구원받을 수 있을 것이라는 생각, 정말 이해하기 힘들다. 개인적으로는 뼈아픈 자기반성이 아쉬운 작품이라 여겨진다.

5. 기타 자연주의

시마자키 도손과 다야마 가타이 외의 자연주의자로는『아라 죠타이(新所帶)』,『가비(黴)』의 도쿠다 슈세이(德田秋声)가 있다. 오자키 고요의 문하생으로 들어가 작가적 출발을 하였으나 자연주의 문학과의 조우를 통해 문단적 지위를 확립하게 된다. 다음으로『이즈코에(何處へ)』의 마사무네 하쿠초(正宗白鳥)를 기억해 두자. 그는 기독교 사상가인 우치무라 간조(內村鑑三)의 영향으로 세례를 받았으나 다야마 가타이를 알게 되면서 사상적 동요를 일으켜 이윽고 기독교에 등을 돌리게 된다. 그 후 신문기자 생활을 하면서 자연주의 작가로 명성을 얻는다. 당시 대부분의 자연주의 소설이 중년 작가의 입장에서 쓰였던 것에 반해 그는 젊은 청년의 내면을 냉소적이고 허무적인 필치로 솔직하게 그려내어 주목을 받았다. 그리고 다야마 가타이의 평면묘사와 정반대인 일원묘사를 주장했던『탐닉(耽溺)』의 이와노 호메이(岩野泡鳴)와『쓰치(土)』의 작가 나가쓰카 다카시(長塚節)도 알아두자.

이와노 호메이 역시 시인에서 소설가로 전환하였다. 그가 주장한 일원묘사는 작품 속에 한 명의 시점 인물을 설정하여 그 인물의 관찰과 행동을 중심으로 작품을 그려나가는 방법이다. 다야마의 평면묘사와는 달리 그 중심인물에 작가의 주관을 주입한다는 데에 그 특징이 있다. 특히 이와노 호메이는 자연주의 작가 중에서도 실행적 사상가로 생활과 신념의 일치를 이루기 위해 평생 노력했다고 한다. 따라서 그의 작품은 자신의 사상이 현실 생활에 농락당하는 모습의 묘사로 흘렀으며 일종의 독특한 품격을 유지할 수 있는 이유가 되기도 했다.

● ● 복습시간 ● ●

1. 프랑스 작가 에밀 졸라(Emile Zola)가 처음 제창한 것으로, 문학도 과학실험과 같이 철저하게 객관적으로 묘사해야 한다는 요지의 사상을 무엇이라 하는가.

2. 일본식 자연주의는 누구의 어떤 작품을 그 시작으로 보고 있나.

3. 일본의 자연주의와 서구의 자연주의의 차이점을 설명해 보자.

4. 다야마 가타이(田山花袋)의 『후톤(蒲団)』에서는 등장인물들의 내면심리를 배제하고 겉으로 보이는 외면적 사실만을 서술하는 평면묘사의 방법이 사용되고 있다. (OX 문제입니다. 만약 X라고 생각하시면 그 이유도 함께 말해주세요)

5. 어린 조카와의 연애 스캔들을 낱낱이 고백한 시마자키 도손(島崎藤村)의 소설 제목은 무엇인가.

● ●답변● ●

1. 자연주의 (졸라이즘)

2. 시마자키 도손(島崎藤村)의 『파계(破戒)』

3. 서구의 자연주의는 「과학적이고 실증적」인 방법으로 현실을 허구 속에서 재구성했다. 그러나 일본의 자연주의는 그러한 과정을 생략하고 아예 자신의 경험을 있는 그대로 적나라하게 묘사해 버리는 편이었다.

4. X (평면묘사는 『후톤(蒲團)』이 아니라 다야마 가타이의 또 다른 작품인 『시골교사(田舍敎師)』에서 사용되었다)

5. 『신생(新生)』

반자연주의

1900년대 메이지 30년대 후반부터 1912년 다이쇼 시대 초기까지 10여 년을 군림하던 자연주의에 대한 반발이 일어나지 않을 수는 없었다. 그것도 자연주의의 기세가 워낙 대단해서인지 하나의 세력이 아닌 여러 개의 세력이 들고일어난다. 각자 뚜렷한 개성을 지닌 이 세력들은 모두 자연주의에 반대한다는 공통적인 입장을 갖고 있었기 때문에 통틀어서 반자연주의라고 한다.

그런데 반자연주의의 여러 파(派)들은 각각 특정 대학을 중심으로 생겨났다. 이는 부녀자나 어린 아이들 상대로 가치 없는 일로 여겨지던 문학활동이 지식인 계급 사이에서도 인정을 받기 시작했다는 증거이다. 점점 문학의 개념이 자리를 잡아가고 있다는 뜻이기도 하다.

이제부터는 반자연주의의 대표적인 세 파(派)가 어떠한 대학을 중심으로 활동했으며, 또한 어떠한 특징을 갖고 있는지 알아보도록 하겠다.

1. 관능의 미(美)를 숭배하다—게이오 기쥬쿠(慶應義塾) 중심의 탐미파(耽美派)

일본에서는 게이오 대학을 다니는 학생을 '게이오 보이'라고 부르는데, 주로 관료집안이나 갑부집 도련님들이 다닌다는 이미지가 있다. 물론 성적만 좋다면 누구라도 들어갈 수 있는 대학이기는 하다. 다만 어렸을 때부터 게이오 대학 부속학교를 다니게 되면 입학이 훨씬 수월하다고 한다. 그래서 자녀를 게이오 대학 부속 유치원에 입학시키기 위한 경쟁이 매우 치열한 것 같다. 엘리트의 길을 보장받을 수 있기 때문이다.

여담이지만 게이오의 부속 유치원뿐만 아니라 몇몇 유치원은 매년 입학 경쟁이 아주 치열하다고 한다. 대부분 추첨을 통해서 입학 여부를 결정하는데, 부모들은 회사까지 빠지면서 추첨식에 참가한다. 입학이 결정되면 기쁨과 안도의 눈물을 흘리기도 한다. 취업도, 대학 합격도 아닌 유치원 입학이 허가되었다는 이유 하나만으로 말이다. 심지어 자신의 아이는 떨어지고 이웃집 아이만 좋은 유치원에 입학하게 되었다는 이유만으로 살인사건이 일어나기도 했다. 지독한 자식사랑과 일류에 대한 열망은 비단 우리나라만의 이야기가 아닌 듯하다.

다시 원래의 이야기로 돌아와서, 이 게이오 보이들은 문학도 패션이라고 생각했다. 돈 많은 도련님들에게 '현실'의 문제는 관심 밖의 일이었다. 자연주의의 중심에 있던 와세다(早稻田)대학 출신들에게 "촌스러운 것들, 나가있어!"라고 외칠 것 같은 느낌이라고나 할까. 그들은 오로지 '미'를 추구하려 했다. 특히 성적(性的) 쾌감에서 느껴지는 미를 말이다. 뭔가 굉장히 퇴폐적이고 향락적인 분위기가 풍기는 것 같다. 이렇게 미를 최고의 가치로 여긴 게이오 기쥬쿠, 그중에서도 문예잡지『미타문학(三田文学)』을 중심으로 활동하던 인물들을 탐미파(耽美派)라고 한다.

일본의 비쥬얼 그룹들도 일종의 탐미파라고 할 수 있다. 여장을 하거나 중세유럽의 분위기를 모방하는 등의 모습을 보이기 때문이다. 요즘 인터넷상에서 인기를 모으고 있는 각트(Gackt)라는 일본가수를 떠올리면 대강의 이미지가 보일 것이다.

2. 다른 차원의 사람들—가쿠슈인(学習院) 중심의 백화파(白樺派)

게이오 보이보다 더욱 혈통 있는 가문의 도련님들이 다니던 학교가 바로 가쿠슈인(学習院)이다. 이 학교는 당시 최상류계층이라 할 수 있는 황족 도련님들이 다니던 학교로, 이곳 출신들 역시 가난한 와세다 학생들의 고뇌를 이해할 수 없었다. 그러니 인간의 추한 부분까지도 적나라하게 내보이는 자연주의에 반박할 수밖에 없었다.

사실 황족들이 일반 서민들의 생활을 어찌 알겠는가. 씁쓸한 사실이지만 지금도 상류계층과 일반인들 사이에는 융화될 수 없는 무언가가 존재하고 있다. 만약 일반인과 상류층 인물이 똑같이 백만 원이라는 돈을 잃어버렸다고 생각해 보자. 둘이 느끼는 상실감의 차이는 분명 다를 것이다. 그런 의미에서 가쿠슈인 출신의 인물들은 현실을 외면했다기보다 몰랐다는 표현을 쓰는 것이 적합할 것 같다.

그들은 자신들의 고상한 분위기 그대로 인간은 고귀한 존재라면서 이상을 추구했다. 이들은 『백화(白樺)』라는 잡지를 중심으로 활동했기 때문에 '백화파(白樺派)'라고 불리기도 했다. 또 이상을 추구했다는 점에서 '신이상주의'라는 표현을 쓰기도 했다.

위의 탐미파가 재벌 2세의 탕아적 기질을 가지고 있다면, 백화파는 도덕성을 거스르지 않는 모범생적인 모습을 가지고 있다. 그런데 이 백화파는 실현 가능성이 희박한 모범 답안지와 같은 느낌이라서 요즘 신세대들과는 코드가 맞지 않을 수도 있다.

3. 우리는 일본 최고의 지성!−도쿄(東京)대학 중심의 이지파(理知派)

도쿄(東京)대학은 누구나 한 번쯤 들어본 기억이 있을 것이다. 그만큼 일본의 내로라하는 수재들이 모인 학교이다. 이들은 인간이라는 존재를 냉철한 이성으로 파악하려는 자세를 가지고 있었다. 때문에 현실을 모르고 세상을 너무 낙관적으로 보는 백화파도, 현실로부터 도피해서 오로지 관능적인 미의 세계만을 추구하는 탐미파도 아무런 비판도 대안도 없이 그저 현실을 있는 그대로 그리려고 했던 자연주의도 모두 탐탁지 않았을 것이다.

그들은 "소설은 어디까지나 현실을 이지(理知)에 의해서 재구성해야 한다"고 주장했기 때문에 '이지파(理知派)'라고 불린다. 또한 『신사조(新思潮)』라는 잡지를 중심으로 일어났기 때문에 '신사조파'라고 불리기도 한다.

자, 이제부터는 본격적으로 각 파에 대해서 자세히 알아보도록 하자. 주요 작가나 작품 정도는 알아두는 것이 좋을 것이다.

탐미파

탐미파의 활동은 앞에서도 밝혔듯이 『미타문학』이라는 잡지를 중심으로 이루어졌다. 모리 오가이가 고문으로 있던 『스바루(スバル)』라는 잡지도 있었지만 그것은 시(詩) 중심의 잡지이기 때문에 열외로 치겠다.

이 『미타문학』은 자연주의 문학의 중심이던 『와세다문학(早稲田文学)』과 맞서기 위해 창간되었다. 와세다와 게이오 대학은 우리나라의 연·고대처럼 전통적인 라이벌 관계를 형성하고 있었다. 참고로 『미타문학』은 나가이 가후(永井花風)가 주재했지만 그 배후에는 그를 게이오 기쥬쿠대학의 교수로 추천한 모리 오가이가 있었다.

1. 에도의 정서에서 미를 발견—나가이 가후(永井花風)

초기의 나가이 가후는 원래 『지옥의 꽃』이라는 졸라이즘 작품을 썼다. 그리고 젊은 시절에 부모님의 강요로 미국과 프랑스로 유학을 다녀왔기 때문에 『아메리카 모노가타리(あめりか物語)』, 『프랑스 모노가타리(ふらんす物語)』라는 작품도 발표했다. 제목에서 유추할 수 있듯이 이국적인 정서가 물씬 풍기는 것들이었다. 서양의 발달된 근대문명을 직접 체험했기 때문에 그에 대한 동경도 컸던 모양이다.

그랬던 그가 유학생활을 마치고 일본으로 돌아온 지 얼마 되지 않

『프랑스 모노가타리』삽화

아서 돌연 에도로 돌아서 버린다. 자신이 동경하던 서양의 근대와는 다른, 물질적인 것만을 모방한 채 제멋대로 흘러가 버린 일본의 근대에 좌절한 것이다. 이제 그는 일본 근대화의 추진자에서 고발자로 선회하여 문명 비판이 담긴 글을 쓰게 된다. 그래서 아예 에도의 정서가 듬뿍 묻어나는 작품을

발표하기 시작한다. 그러나 결국 자신의 문명 비판이 실제 사회에 전혀 무기력하다는 사실에 고뇌하다 화류 소설 속으로 몸을 숨긴다. 그의 작품이 주로 화류계를 무대로, 돈과 색이 넘치는 화류계 특유의 정서를 그려내게 된 데에는 이런 작가적 고뇌와 성숙의 과정이 있었다.

『스미다가와(すみだ川)』,『우데쿠라베(腕くらべ)』,『보쿠토키탄(墨東綺譚)』,『냉소(冷笑)』 등에서 볼 수 있듯이, 나가이 가후는 에도의 정서 속에서 '미'의 세계를 추구했다고 하겠다.

에도 정서에 대한 나가이 가후의 애정은 그의 비(碑)가 세워진 곳을 봐도 알 수 있다. 바로 미노와(三ノ輪)의 정한사(淨閑寺)라는 곳인데, 이곳은 옛날에 유곽에서 죽은 유녀를 화장해서 그 뼈를 묻은 장소라고 한다.

에도 시대 유녀들은 대부분이 찢어지게 가난한 집안 형편 때문에 팔려온 소녀들이었다. 아니, 소녀라고 하기에도 민망할 정도로 어린 나이였다. 그들은 너무 어렸을 때부터 손님을 받기 때문에 성인이 되

기도 전에 몹쓸 병에
걸려 죽는 일이 허다
했다고 한다. 하지만
값싸게 산 유녀들의
장례까지 신경 쓸 포
주는 없을 것이다. 그
래서 이러한 유녀들
의 시체는 나가이 가
후의 비석이 있는 바

정한사(淨閑寺)에 있는 유녀(遊女)의 공양탑

로 그 절에서 한꺼번에 화장을 시켰던 듯하다.

나가이 가후는 생전에도 그곳에 가서 자주 눈물을 보였다고 한다. 죽어서도 어린 유녀들의 고통을 함께 나누길 원했을 정도로 에도 정서에 대한 그의 집착은 대단한 것이었다.

2. 매혹적인 악마주의—다니자키 준이치로(谷崎潤一郎)

한 회사원이 여중생을 납치하는 사건이 우리나라에서도 발생한 적이 있었다. 어린 소녀를 자신의 이상형에 맞는 여자로 키워 결혼하기 위해서였다고 한다. 한동안 신문의 사회면을 떠들썩하게 했던 이 사건은 다니자키의 소설 『치인의 사랑(痴人の愛)』을 연상케 한다. 마치 그 회사원이 이 소설에서 모티브를 얻기라도 한 듯한 느낌이다.

『치인의 사랑』도 남자 주인공이 나오미(ナオミ)라는 15세 소녀를 자신의 이상형으로 길러내려고 하는 데서 이야기가 시작된다. 몇 년을 공들인 효과가 있었는지 그녀는 매우 아름다운 여성으로 성장했

다니자키 준이치로
(1886~1965)

다. 그런데 여기서부터 남자 주인공의 예상은 빗나가기 시작한다. 완벽한 요부가 되어버린 그녀를 통제할 수 없게 된 것이다. 나중에는 오히려 자신이 그녀의 포로가 되어 비굴하게 매달리는 모습을 보인다.

다행스럽게도 우리나라에서 벌어진 엽기적인 납치사건의 범인은 일찍 붙잡혔다. 만약 이 사건이 일본에서 일어났다면 범행을 저지른 그 회사원의 기본 마인드가 『치인의 사랑』의 남자 주인공과 너무나도 비슷하다는 점 때문에 더욱 이슈가 되었을 것이다.

다니자키가 추구했던 '미'의 세계에는 여성, 특히 빼어나게 아름다운 얼굴과 육체를 지닌 여성이 중심에 있다. 이상적인 여성 앞에서는 이성적 사고도 존재할 수 없고 심지어 도덕적인 제약까지도 힘을 쓸 수 없게 된다. 때문에 일반적인 정서로는 받아들이기 힘든 작품들이 많이 있다.

나가이 가후의 추천으로 문단에 등단한 다니자키는 인간의 내면 깊숙이 감춰진 본성의 이면을 독특한 체재와 방법으로 그려냈다. 당시 사람들은 그가 추구하는 미의 세계를 '악마주의'라고 하기도 했다. 밖으로 표현하는 것은 금기시되어 있지만 인간의 내면에 분명히 자리하고 있는 성에 대한 강한 욕구와 그것을 당당히 내보이길 원하는 악마의 모습이 그 안에 있기 때문이었다. 개인적으로는 이 '악마주의'를 인간의 도덕성 혹은 본성을 시험한다는 의미로 생각하고 싶다.

(다니자키 준이치로 기념관 전경)

고토(琴)는 유복한 상가의 딸로 아름다운 외모를 지녔지만, 9살 때 눈병에 의해 실명하고 말았다.
고토를 옆에서 돌봐주던 말수가 적은 사스케(佐助)는 마음속으로 고토를 흠모했으며, 숨어서 샤미센을 연습했다.

사스케는 고토에게 샤미센을 배우게 되었고, 고토는 슌킹(春琴)이라는 이름으로 독립하여 샤미센 스승이 된다.

하지만 제자들을 엄하게 대했던 그녀에게 원한을 품은 사람이 뜨거운 물이 담긴 주전자를 던져 얼굴에 화상을 입게 된다.

얼굴에 화상을 입은 고토는 사스케에게 얼굴을 보지 말라 당부했고, 절대 보지 않도록 하겠다고 약속한 사스케는 스스로 바늘로 눈을 찌른다. 이에 슌킹은 기뻐했으며, 사스케는 그 후부터 마치 극락정토와 같았다고 말했다.

이 슌킹쇼(春琴抄)의 내용이 굉장히 재미있지 않은가. 사랑하는 남자에게만큼은 추하게 변한 자신의 모습을 보이지 않으려는 여자와, 그 여자를 위해 기꺼이 자신의 두 눈을 희생하는 남자. 이제는 정말 관능, 향락, 퇴폐, 변태 등의 차원을 넘어선 듯한 느낌마저 든다. 사스케에게 매정하게 대하는 슌킹과 그러한 슌킹의 괴롭힘을 은근히 즐기는 사스케는 분명 SM(새드-매저키즘)의 관계이다. 하지만 서로 좋아는 하지만 그것을 표현하지 못한 채 바라만 본다는 점만 따진다면 지극히 순수한 남녀관계가 된다.

아무튼 너무나 소중한 사랑이기에 감히 범접할 수는 없지만, 그 사랑을 위해서라면 무엇이든 할 수 있는 남자가 사스케이다. 다니자키가 추구하던 미의 세계는 이 사스케를 통해 구현되고 있는 것이 아닐까 하는 생각을 해 본다.

참고로 문단 데뷔작이라 할 수 있는 『문신(刺青)』이라는 작품도 그가 추구하는 미의 세계를 이해하는 데 도움이 될 것이다. 문신가인 세이키치(清吉)는 남의 피부를 바늘로 찌를 때 그 아픔을 참지 못하고 내는 괴로운 신음소리에 남몰래 즐거움을 느낀다. 자신의 영혼을 담은 기술을 발휘할 수 있는 미녀의 살결을 찾게 된 그는 그녀의 등 가득 암거미의 문신을 새긴다. 그리고 그녀는 세상 남자들을 자신의 발밑에 굴복시킬 만큼 요염하고 아름다운 여인으로 새로 태어난다. 이처럼 여체의 매력을 안 남자는 영원히 여성을 숭배하는 약자가 되며, 여인은 반대로 자신의 미를 통해 강자로 탈바꿈하게 된다는 것이 다니자키의 중심 사상이다.

정신병을 의심하게 할 정도로 위험해 보이는 다니자키의 독특한

'미의 세계'는 지금까지도 많은 팬을 보유하고 있다. 이것은 그가 인간의 내면에 자리 잡고 있는 본성, 특히 성적 욕구를 정확하게 파악하고 있었다는 증거가 아닐까. 진정 탐미주의 세계의 끝을 보여준 인물이 아닐까 생각한다.

백화파(白樺派)

백화파는 『백화(白樺)』라는 잡지를 중심으로 활동했다. 가쿠슈인 출신이 대부분인 그들은 일본의 최상류 계층에 속한다고 할 수 있다. 즉, 사회적 지위와 경제적 안정이 보장되어 있었다는 뜻이다. 때문에 일반인들이 느끼는 현실적인 고통을 이해하지 못했다.

그들은 일본 사회의 급격한 변화에도 당황하지 않았다. 부모님을 잘 만난 덕분에 어렸을 때부터 서양식 교육을 받았기 때문이다. 근대적 사고와 기존 가치질서의 혼재 속에서 혼란과 격동의 시기를 보내고 있던 보통의 일본인들과는 분명 달랐다. 그들의 가정은 이미 서양화 과정을 마친 상태였기에 당연히 전통과 서양화 사이에서 갈등하는 자들의 고통도 알 수 없었던 것이다.

그래서인지 러시아의 문호 톨스토이의 영향을 받았다는 그들의 인도주의가 왠지 비현실적으로 느껴지기도 한다. 가진 자가 지녀야 할 사회에 대한 봉사의무 또는 취미생활 정도로 보이기도 한다. 그렇지만 현실의 어두운 부분을 잘 알지 못했기 때문에 오히려 백화파 특유의 낙관적이고 이상적인 문학이 생겨날 수 있었다고 본다. 하지만 그들 중에도 시가 나오야(志賀直哉)처럼 현실에 대한 진지한 고민을 보여준 인물이 있다.

이 백화파 인물들은 서양 예술에 대한 해박한 지식으로 당시의 미술·음악계에도 영향력을 행사했다.

1. 깨어진 유토피아의 환상—무샤노코지 사네아쓰(武者小路實篤)의 「아타라시키 무라(新しき村)」

백화파의 리더 격으로 이론적인 완성을 이룬 무샤노코지 사네아쓰(武者小路實篤)는 톨스토이의 영향으로 문학을 지향하게 되었다. 자연의 위대함과 인간성을 있는 그대로 긍정하게 된 그는 인간과 삶에 대한 낙관적 기대와 이상을 지니게 되었다. 『오메데타키 히토(お目出たき人)』, 『우정(友情)』 등의 작품이 있으나, 그에 관해서는 이런 작품들보다 한 마을에 주목해 주었으면 한다.

백화파는 '신이상주의'라고도 불린다. 무샤노코지는 실제로 이상사회를 만들려고 했다. 미야자키켄(宮崎県)에 땅을 사서 농업을 중심으로 하는 「아타라시키 무라(新しき村)」라는 마을을 설립한 것이다. 노동을 통해 자급자족하면서 돈이 필요없는 사회를 만들어

무샤노코지 사네아쓰
(1885~1976)

자유를 즐기고 개성을 살리려 했다. 노동을 통해 자급자족하면서 돈이 필요 없는 사회를 만들어 자유를 즐기고 개성을 살리려 했다. 하지만 이 무모한 시도는 곧 좌절되고 말았다. 이상은 실현될 수 없기에 '이상'이라고 말하는 게 아닐까?

비록 실패하기는 했지만 이 엄청난 발상을 실천에 옮길 수 있었던 것은 그가 백화파였기 때문이 아닐까 생각한다. 현실을 잘 알지 못했기 때문에 순수한 마음으로 이상을 실현시키려 했던 것이다. 그 순수함이 현실에서는 치명적인 독이 될 수 있다는 사실을 알지 못했던 것이다.

2. 소설의 신―시가 나오야(志賀直哉)

시가 나오야
(1883~1971)

백화파의 이론이 무샤노코지 사네아쓰를 통해 완성되었다면 그것을 실천한 사람이 바로 시가 나오야이다. 그는 인간의 나약함과 추함을 인정했지만 그럼에도 인간은 아름답다는 믿음을 버리지 않았다. 진정한 휴머니스트의 모습이 아닐 수 없다.

참고로 그의 유일한 장편소설 『암야행로(暗夜行路)』를 읽는다면 그의 휴머니즘을 엿볼 수 있을 것이다.

※『암야행로(暗夜行路)』줄거리

주인공 도키토 겐사쿠(時任謙作)는 형제 중 혼자만 아버지의 미움을 받으며 자랐다. 그는 어머니가 죽은 후에 할아버지 밑에서 할아버지의 첩 오에이(お栄)에게 애정을 느끼며 함께 살고 있었다.

겐사쿠는 아버지가 독일 유학을 하던 중 할아버지와 어머니 사이에서 태어난 자신의 출생의 비밀을 알게 되고 이에 괴로워한다. 충격을 받은 겐사쿠는 방탕한 생활을 하다가 안주하고 싶어서 교토로 이사하게 된다. 그리고 그곳에서 나오코(直子)라는 여인을 알게 되어 결혼까지 하게 된다.

오에이가 곤경에 빠져 있는 것을 알고 그녀를 도와주러 간 부재중에 나오코는 사촌과 부정을 저지르게 된다. 부인의 부정을 용서할 수 없는 마음으로 떠나온 산속 사찰에서 은둔생활을 하던 중 겐사쿠는 병이 든다. 문병 온 아내를 겐사쿠는 부드럽고 애정 어린 눈으로 보고 그녀를 용서하게 된다. 나오코 또한 무슨 일이 있어도 겐사쿠와 함께 하리라 결심한다.

시가 나오야는 세계대전이 일어나면서 문학활동을 중단했다가 전후에 다시 문단에 등장했다. 그리고 이때부터 '소설의 신'으로 추앙받게 된다. 한 가지 재미있는 사실은 그를 신격화한 인물들이 자연주의적 입장을 견지하고 있던 사소설 작가들이라는 점이다. 그는 반자연주의 인물인데도 말이다.

그 이유는 시가 나오야가 전후에 발표하는 작품들의 특징을 보면 알 수 있다. 그는 전후부터 주로 자신의 심경을 묘사하는 심경소설을 발표하는데, 이는 작가 자신에 대한 이야기를 쓴다는 점에서 사소설과 일맥상통하는 부분이 있다. 물론 단지 비슷한 점을 지니고 있다는 사실만으로 추앙받게 된 것은 아니다.

사소설 작가들은 자신의 체험을 바탕으로 추하고 더러운 인간의 모습을 묘사했다. 그에 비해 시가는 깨끗하고 이상적인 자신의 심경을 그려냈다. 그런데 사실 이러한 시가의 세계야말로 사소설 작가들이 추구하는 이상향이었다. 해탈에 이른 듯한 마음 상태, 그렇지만 자신들은 도저히 도달할 수 없는 경지, 그렇기 때문에 사소설 작가들은 시가를 동경하고 신격화한 것이다. 약간 오버라는 생각도 들긴 하지만 아무튼 일본에서는 '소설의 신'이라고 하면 시가 나오야를 떠올린다는 사실 정도는 알아두자.

3. 시가 나오야는 아무 것도 모른다—시가 나오야(志賀直哉) VS 다자이 오사무(太宰治)

이 '소설의 신(시가 나오야)'에게 감히 도전장을 던진 이가 있었다. 바로 다자이 오사무(太宰治)였다. 『여시아문(如是我聞)』, 즉 "나는 이렇게 묻는다"라는 것을 발표해서 시가 나오야를 공격한 것이다. "당신은 아무 것도 알지 못하면서 그것을 자랑스럽게 여기고 있다"고 비난했다.

왜 다자이는 당시 소설의 신으로 추앙받고 있던 시가를 노골적으로 비판한 것일까. 사실 시가 나오야는 한 잡지의 좌담회에서 다자이의 작품에 대해 언급한 일이 있었다. "며칠 전 다자이 군의 『범인(犯人)』이라는 작품을 읽었는데 정말 시시했다네. 끝을 읽지 않아도 다 알 수 있었으니까……." 이런 이야기를 한 모양이다. 그 좌담회의 속기록을 본 다자이가 울컥하는 마음이 드는 것도 무리는 아니었을 것이다. 그래서인지 『여시아문』을 읽어보면 다분히 감정적이고 공격적인 문체를 느낄 수 있다. 사상도 전통도 없는 저질문학, 그 나이에 창피하지도 않느냐는 식의 내용이 담겨져 있다. 또한 아쿠타가와(芥川)의 고뇌를 시가가 모르는 것에 진절머리가 난다는 표현도 있다. 구체적으로 말하면 나약함, 생활의 공포, 패자의 기도 등을 모른다는 것이다. 10년 동안 억누르고 있었다던 그의 울분은 이런 식으로 쏟아져 나왔다.

이 사건은 시가 나오야가 다자이의 작품을 혹평한 것이 시발점이 된 것은 분명했다. 그러나 다자이의 울분은 시가 나오야 한 명만을 대상으로 한 것이 아니라고 본다. 근대화에 대해 아무런 고민도 없고, 고고함이나 결벽 등으로 평가받고 있던 백화파 전체를 상대로 비난했다는 생각이 든다.

다자이의 비판은 충분히 타당성이 있는 내용이었다. 그러나 상대는 '소설의 신'이었다. 결국 다자이는 텃세를 극복하지 못하고 문단으로부터 버림받게 되었다.

4. 백화파 유일의 고뇌하는 자—아리시마 다케오(有島武郎)

여기 진정한 인도주의를 위해 노력한 백화파의 인물이 있다. 무샤노코지 사네아쓰(武者小路實篤)가 만든 「아타라시키 무라」는 약간 자아도취적인 기분으로 자신의 이상을 실현시키려 한 것이다. 반면 아리시마 다케오(有島武郎)는 대지주의 아들로 태어난 자신의 신분 때문에 고뇌하다가 결국 자신이 소유하고

아리시마 다케오
(1878~1923)

(『어떤 여자』 사쓰키 요코의
모델, 사사키 노부코)

있던 농지 전부를 소작인들에게 개방했다. 비록 자신은 파산하지만 인간의 보편적인 행복을 추구하고 싶었던 것이다.

사실 그는 가장 백화파답지 않은 백화파의 인물이다. 젊은 시절의 그는 우치무라 간조의 영향을 받아 크리스천이 되었다.

하지만 그 뒤 미국에서 유학생활을 하게 되면서 사회주의에 심취, 결국 크리스천이기를 포기했으나 사회주의에 대해서도 금방 좌절하게 되었다. 이러한 과정을 거치면서 그는 가지지 못한 자의 아픔을 이해하게 되었고, 그럼에도 아무 것도 할 수 없는 자신, 아니 지식인 계층에 대한 회의감에 휩싸이게 된다.

결국 그는 이러한 사실을 견뎌내지 못했다. 백화파 인물임에도 현실을 너무 잘 알고 있었기 때문이다. 그래서 그도 다자이 오사무와 마찬가지로 동반자살의 길을 걷게 된다. 상대는 『부인공론(婦人公論)』이라는 잡지의 여기자였다고 한다.

대표작은 『어떤 여자(或る女)』로, 자아에 눈뜬 메이지 여성의 이야기를 다루고 있는 내용이다. 그 외에도 『카인의 후예(カインの末裔)』, 『우마레이즈루나야미(生まれ出る悩み)』, 평론 『선언 하나(宣言一つ)』 등이 있다.

※『어떤 여자(或る女)』 줄거리
주인공 요코(葉子)는 지기를 싫어하고 자유분방한 성격을 지닌 25세의

아름다운 여인이다. 아버지는 의사이고 어머니는 기독교 부인 동맹 부회장이다. 요코는 어머니의 반대를 무릅쓰고 시인인 기베(木部)와 결혼하여 아이를 낳지만 결국 그와 헤어지고 아이는 유모에게 맡겨 버린다.

요코는 어머니를 도와줬던 적이 있는 기무라(木村)에게로 가기 위해 미국행 배를 탔지만 처자가 있는 그 배의 사무장인 구라지(倉地)에게 매료되어 다시 일본으로 돌아오고 만다. 하지만 그들의 관계가 폭로되어 숨어서 생활하게 된다. 이 일로 인해 구라지는 실직하고 요코와 행복한 나날을 지내며 군사 스파이의 일을 하지만 그 일로 위험을 느낀 구라지는 행방을 감춘다.

그러는 사이에 요코는 건강을 잃게 되어 입원을 하게 되고, 자신의 인생을 돌아보며 후회하지만 아무도 그녀 앞에 나타나지 않는다.

이러한 요코의 인생을 어떻게 생각하는가? 집에서 반대한 연애결혼에 실패하고 미국에서 기다리던 기무라에게 상처를 주고 처자가 있는 구라지와 불륜에 빠진 한 여인의 사랑, 그리고 그 인생. 이 소설은 인습에 얽매이고 속박이 많았던 시대에 발표되어 사회의 센세이션을 불러일으켰다. 하지만 일본근대문학 굴지의 걸작이라는 정평을 받은 작품이기도 하다.

이지파(신사조파)

이지파는 도쿄대학의 『신사조(新思潮)』라는 잡지를 중심으로 활동했다. 그들은 이상을 추구하던 백화파와는 반대로 현실을 매우 중요하게 생각했다. 철저한 계산을 통해서 테마를 그려냈기 때문에 신현실주의라고 부르기도 한다.

1. 내가 곧 이지파의 전부!—아쿠타가와 류노스케(芥川龍之介) (1)

아쿠타가와 류노스케
(1892~1927)

사실 이지파에서는 아쿠타가와 류노스케(芥川龍之介) 한 사람만 알아도 절반 이상을 이해했다고 할 수 있다. 혜성과 같이 등장하여 곧 다이쇼 시대를 대표하는 총아로 떠오른다. 이 이름은 교포작가 유미리 씨가 아쿠타가와상을 수상하면서 우리에게도 꽤나 친숙한 이름이 되었다.

그의 데뷔작인 『라쇼몽(羅生門)』을 비롯해서 『코(鼻)』, 『지고쿠헨(地獄変)』, 『이모가유(芋粥)』 등의 초기 작품은 주로 역사소설이었다. 『곤쟈쿠 모노가타리(今昔物語)』와 『우지슈이 모노가타리(宇治拾遺物語)』 등의 옛 설화집에서 모티브를 따온 것이다. 하지만 옛 설화집을 빌어서 단순히 옛날이야기나 하려고 한 것은 아니다. 설화는 그의 소설 속 허구가 어느 정도 진실성을 확보할 수 있도록 한 수단일 뿐이다. 쉽게 말하면 과거를 무대로 현실을 재구성했다는 뜻이다.

자, 이제 그의 작품세계를 잘 알 수 있는 대표적인 역사소설 몇 작품에 대해 알아보도록 하자.

① 『라쇼몽(羅生門)』—진실은 어디에?

이 작품은 아쿠타가와의 문단 데뷔작이다. 우리에게는 구로사와 아키라(黒沢明) 감독의 영화제목으로 친숙한 이름이다. 그런데 영화

헤이안 시대 말기의 일로 교토는 천재로 황폐해졌다 그러던, 어느 날, 해질 무렵 한 남자가 라쇼몽(羅生門) 밑에서 비를 피하고 있었다.

주인에게서 쫓겨난 남자는 그대로 죽음을 기다릴 것인지, 도둑질로라도 먹고 살 것인지 고민하고 있었다.

추위에 떨던 남자는 하룻밤 머무를 곳을 찾아 라쇼몽의 누각 위로 올라가고,

거기서 시체의 머리카락을 뽑고 있는 노파를 발견했다.

뭐하고 있는 거지?

노파는 먹고살기 위해 시체의 머리카락을 훔쳐 가발을 만들어 팔아서 연명하고 있었으며, 이 사실을 안 남자는 자신도 먹고살기 위해서라며 노파의 기모노를 훔쳐서 달아난다.
그 후로 그 남자의 소식을 들은 사람은 아무도 없다고 한다.

「라쇼몽」이 소설과 같을 것이라고 생각하면 안 된다. 내용이나 서술 기법 등은 오히려 아쿠타가와의 또 다른 작품 『덤불 숲(藪の中)』에 가깝다. 구로사와 감독은 『라쇼몽』과 『덤불 숲』을 각색해서 하나의 스토리로 만든 것이다.

아마 대부분의 사람이 소설뿐만 아니라 영화도 보지 못했을 것으로 생각되는데, 세계적으로 유명한 영화이긴 해도 우리나라에서는 정식으로 개봉된 적이 없기 때문이다. 예술영화 매니아가 아니라면 보기 어려웠을 것이다.

대강의 내용은 숲 속에서 한 사무라이의 시체가 발견되는데, 이 사건에 연루된 네 명의 증언이 모두 제각각이라는 것이다. 이러한 기법은 장예모 감독의 「영웅」이라는 영화에서도 볼 수 있다.

'진실'에 대한 의문, 그리고 인간의 에고이즘을 파헤치고 있는 명작으로 정평이 난 작품이고 짧은 분량이니, 기회가 되면 한 번 보길 바란다.

아이러니하게도 지금은 이처럼 유명해진 아쿠타가와의 『라쇼몽』이지만 사실 발표 당시에는 세간의 제대로 된 평가조차 받지 못하고 묵살되었다.

② 『코(鼻)』 — 나 어떡해

아쿠타가와는 이 『코』를 발표하면서 유명해지기 시작했다. 그의 정신적 지주인 나쓰메 소세키가 칭찬을 아끼지 않은 작품이기도 하다. 그는 이후로도 이처럼 재기 넘치는 단편들을 주로 발표했다.

　주인공의 이름은 젠치 나이구(禪智內供). 코가 윗입술 위에서부터 턱밑까지 늘어져 있어 모르는 사람이 없을 정도로 유명하다. 코가 길어 혼자서는 밥을 먹을 수도 없을 정도이다. 나이구는 긴 코 때문에 불편할 뿐만 아니라 자존심까지 상하는 사건도 일어나지만 어찌할 도리가 없다. 그러던 그는 다른 사람의 코를 관찰하기 시작한다. 하지만 자신과 비슷한 사람을 한 사람도 발견하지 못하고, 그는 드디어 코가 짧아지는 방법을 모색한다.

　그러던 어느 해 가을 더운 물에 코를 찜질한 뒤 다른 사람에게 코를 짓밟게 하면 작아진다는 말을 듣고 그렇게 하니 코는 정말로 점점 작아졌다. 그러나 나이구는 전보다 더 웃음거리가 된다. 이에 나이구는 인간의 모순 된 감정을 알게 되고 불쾌해진다.

　어느 날 밤 코가 근질거리고 열이 좀 나는 듯하더니 다음날 아침 예전의 코로 돌아오게 된다. 그리곤 이젠 아무도 웃는 사람이 없을 거라고 마음속으로 중얼거린다.

③『지고쿠헨(地獄変)』─나의 예술혼은 아무도 못 말려

　이 작품에는 아쿠타가와의「예술지상주의」가 잘 나타나 있다. 자신의 딸이 눈앞에서 죽어가고 있는데도 그것을 예술로 승화시킬 생각만 하는 주인공이야말로 그가 추구하고 있던 진정한 예술인의 모습인 것이다.

　호리카와(堀川)의 오토노(大殿)에는 사람들의 기억에 지고쿠헨의 병풍에 관련된 무서운 사건이 남아 있다.

　지고쿠헨을 그린 이는 요시히데(良秀)이다. 그에게는 호리카와의 집에서 시중을 들고 있는 속이 깊고 영리한 딸이 있다. 호리카와는 요시히데에게 지고쿠헨의 병풍을 그릴 것을 명한다. 평소 보지 않고는 그릴 수 없는 요시히데였기에 호리카와는 수레가 불에 타는 것을 보여 달라는 요시히데의 청을 받아들인다. 약속을 실행하던 날, 오토노가 신호를 보내자 수레가 나타나는데 거기에는 요시히데의 딸이 쇠사슬로 묶여 있었다. 요시히데가 하얗게 질려 있는 순간 수레에 불이 지펴진다. 요시히데는 황홀한 경지에서 근엄하게 그 광경을 지켜본다.

이후 오토노가 자기 뜻대로 되지 않은 사랑의 원한에서 그렇게 했다는 소문이 퍼진다. 1개월 후 완성된 지고쿠헨의 병풍은 아주 감탄할 만한 것이었다. 하지만 요시히데는 다음날 자신의 방에서 자살한다.

2. 점점 옥죄어 오는 죽음의 그림자─아쿠타가와 류노스케 (2)

잠시 크리스트교에 빠지기도 했던 아쿠타가와는 만년에 이르러 혼란을 겪는다. 어느 곳 하나 나무랄 데 없는 작품을 써 왔지만 그 완벽함이 결국 정체 상태에 빠지고 만 것이다. 결국 테마도 불분명한 작품들을 쓰기 시작한다. 그래서 혹자는 이런 아쿠타가와 만년의 소설들을 혹평하기도 한다.

아쿠타가와의 줄거리가 없는 만년의 소설로는 『갓파(河童)』, 『톱니바퀴(歯車)』, 『어느 바보의 일생(或阿保の一生)』이 있다.

① 『갓파(河童)』

먼저 갓파에 대한 설명을 하겠다. 갓파는 일본인들이 만들어낸 상상의 동물이다. 그림에서 볼 수 있는 것처럼, 어린아이의 몸집에 비늘로 뒤덮인 피부, 움푹 파인 정수리에 물이 담겨 있다는 괴상한 동

물이다. 그런데 이 갓파의 식성
은 매우 특이해서 오이를 아주
좋아한다고 한다. 그래서 일본
에서는 오이만 달랑 집어넣은
김밥을 갓파말이(かっぱまき)
라고 한다.

갓파

　다음으로 아쿠타가와의 어
머니에 대한 얘기를 해야 할 것
같다. 사실 그의 어머니는 그를 낳고 얼마 되지 않아서 정신이 이상
해졌다. 어릴 적 그런 어머니를 찾아가면 어머니는 항상 그에게 갓파
의 그림을 그려줬다고 한다. 이것이 그에게는 퍽 인상적이었던 모양
이다. 이후 아쿠타가와에게 있어 갓파는 광기의 상징이 되었다.

　아쿠타가와는 이 작품을 발표하고 약 5개월 뒤에 스스로 목숨을
끊는다. 당시 광기(狂氣)는 유전되는 것으로 알려졌기 때문에 그는
항상 두려워했던 것이다. 언제 자신도 발광할지 모른다는 생각에 신
경쇠약에 시달렸다고 한다.

　『갓파』를 집필할 때 그는 이미 저승에 영혼을 반쯤 두고 있는 상
태였을 것이다. 그래서인지 굉장히 염세적인 눈으로 인간 세상을 바
라보고 있다는 느낌이 든다.

② 『톱니바퀴(歯車)』

　이것은 그의 사후에 발표된 작품이다. 여러 꿈 이야기를 엮은 것이
기 때문에 스토리도 별 맥락도 없지만 그의 극도로 예민해진 신경이

잘 나타나 있다. 반투명의 톱니바퀴가 점점 늘어나 시야를 가득 채운다거나 차례차례 사람들이 죽어가는 가운데 다음은 자신의 차례일 것이라고 생각하는 등의 꿈 이야기가 담겨져 있다.

더 이상 괴로운 악몽을 꾸고 싶지 않으니 누군가 자신이 잠든 사이에 조용히 목을 졸라달라고 애원하는 마지막 장면을 보면 마치 스스로의 죽음을 암시하고 있는 듯하여 섬뜩하다.

③『어느 바보의 일생(或阿保の一生)』

이 작품에는 "인생은 한 줄의 보들레르만도 못하다"는 유명한 말이 들어있다. 그의 예술지상주의적 사고가 또 한 번 드러나는 명구이다. 쉽게 말해 "인생은 짧고 예술은 길다"라고 생각하면 되겠다. 무가치한 인생 때문에 아등바등하느니 차라리 예술을 추구하는 편이 낫다고 생각한 모양이다.

이 작품 역시 사후에 발표된 것인데, 주인공은 자살하는 찰나의 순간에 자신의 일생을 되돌아본다. 그리고 그 장면들을 수 행의 문장에 담아서 표현하고 있다. 제목에서 말하는 어느 바보가 바로 아쿠타가와 자신인 것이다.

아쿠타가와의 유서 「어느 옛 친구에게 보내는 수기」에서 자살의 동기를 '막연한 불안(ぼんやりした不安)'이라고 말한다. 그가 밝힌 장래에 대한 막연한 불안은 다이쇼 지식인의 불안과 절망을 상징하는 것으로 받아 들여졌다.

오사카 아사히(大阪朝日) 신문은 아쿠타가와의 죽음을 "크게 보면 모든 일이 시대의 그림자이다. 산 정상이 맨 먼저 서광을 받듯이 문학자의 첨예한 신경은 언제나 가장 일찍 시대의 고민을 느낀다."라고 평했다.

아쿠타가와는 격동하는 사회 속에서 신시대의 도래를 누구보다 일찍 감지했다. 그는 프롤레타리아 사상을 이해하고 공감하였으나 결코 이에 완전히 동조할 수는 없는 기성작가였다. 자신의 문학적 정체 속에서 새로운 문학 세대를 받아들여야 했던 그는 위기의식과 불안을 느낄 수밖에 없지 않았을까. 그리고 이런 불안은 한 시대를 뒤로하고 새로운 시대를 맞이해야 했던 사람들에게 공통된 것이었다. 그래서 그의 죽음은 지나간 시대, 바로 다이쇼의 종말을 보여주었다 하겠다.

3. 작가도 부자가 될 수 있다—기쿠치 간(菊池寬)

기쿠치 간(菊池寬)은 『다다나오 경 행장기(忠直卿行状記)』나 『은원의 저편에(恩讐の彼方に)』 등의 테마소설로 작가로서의 이름을 알렸다. 그러나 신문소설의 전형이라 할 수 있는 『진주부인(真珠夫人)』을 성공시키며 통속소설로 전환하면서 인기 작가가 될 수 있었다.

그런데 불행인지 다행인지 그는 작가보다 실업가로 더 유명했다. 『문예춘추(文芸春秋)』라는 최초

기쿠치 간(1888~1948)

의 상업잡지를 성공시켰기 때문이다. 참고로 아쿠타가와상·나오키
상도 모두 그가 제정한 것이다.

　기쿠치 간의 도움으로 재능 있는 작가들이 활동할 수 있었다는 사
실만으로도 그가 일본 문단에 미친 영향은 결코 간과할 수 없을 것이
다.

● ●복습시간● ●

1. 1900년대 후반부터 일본문단을 장악하기 시작한 자연주의, 이에 대항하여 일어난 3개의 반자연주의 운동은 모두 특정 대학을 중심으로 이루어졌다는 특징이 있다. 어느 파(派)가 어떤 대학을 중심으로 활동했는가?

2. 탐미파의 활동은 주로 어느 문예잡지를 중심으로 이루어졌나.

3. 다음 중 다니자키 준이치로(谷崎潤一郎)의 작품이 아닌 것은 무엇인가.
   ① 『냉소(冷笑)』   ② 『치인의 사랑(痴人の愛)』
   ③ 『슌킹쇼(春琴抄)』   ④ 『문신(刺青)』

4. 백화파의 인물로, 인간의 나약함과 추함을 인정하면서도 인간은 아름답다는 믿음을 버리지 않던 작가가 있다. 「소설의 신」으로 불리기도 한 이 작가의 이름은 무엇인가.

5. 다음 중 백화파 인물이 아닌 사람은 누구인가.
   ① 무샤노코지 사네아쓰(武者小路實篤)
   ② 아리시마 다케오(有島武男)
   ③ 다자이 오사무(太宰治)
   ④ 시가 나오야(志賀直哉)

6. 아쿠타가와 류노스케(芥川龍之介)의 데뷔작으로 세계적인 영화감독 구로

사와 아키라(黒沢明)에 의해 영화화되기도 한 이 작품의 제목은 무엇인가.

7. 다음의 아쿠타가와의 작품 중에서 역사소설에 해당하지 않는 것은 무엇인가.
   ① 『라쇼몽(羅生門)』　　　② 『코(鼻)』
   ③ 『갓파(河童)』　　　　④ 『지고쿠헨(地獄變)』

8. 최초의 상업잡지인 『문예춘추(文芸春秋)』를 성공시키고 아쿠타가와상ㆍ나오키상을 제정한 이지파의 인물은 누구인가.

1. 탐미파는 게이오 기쥬쿠(慶應義塾), 백화파는 가쿠슈인(學習院), 이지파는 도쿄(東京)대학을 중심으로 활약했던 반자연주의 세력이다.

2. 미타문학(三田文學)

3. ①번 『냉소(冷笑)』는 나가이 가후의 작품이다.

4. 시가 나오야(志賀直哉)

5. ③번 다자이 오사무(太宰治)는 전후문학인 무뢰파에 속하는 인물로 백화파에는 어울리지 않는 인물이다.

6. 『라쇼몽(羅生門)』

7. ③번 『갓파(河童)』는 아쿠타가와 만년의 소설에 해당한다.

8. 기쿠치 간(菊池寬)

오가이(鷗外)와 소세키(漱石)

1900년 후반부터 10여 년을 일본 근대문학의 제일세력으로 군림한 자연주의와 그러한 자연주의 일색의 분위기에 반발하여 반자연주의의 기치를 내걸고 일어난 삼색 개성. 이 대립상황 속에서 어느 곳에도 속하지 않고 꿋꿋하게 자신만의 문학을 추구해 갔던 두 거장이 있다. 바로 모리 오가이와 나쓰메 소세키이다.

물론 이들도 일본식 자연주의에는 반대하는 입장을 보이고 있기 때문에 굳이 구분하자면 반자연주의 인물이라고 할 수 있다. 하지만 단순히 반자연주의로 명명하기에는 뭔가 부족한 구석이 있는 것도 사실이다. 자연주의에 반대하긴 하지만 특별히 저항운동을 했다거나 하지는 않았기 때문이다. 그저 자신만의 스타일, 나름의 문학을 추구했을 뿐이다. 때문에 이들의 사상은 특별히 정의하거나 분류할 필요가 없다고 본다. 자연주의 인물들은 비꼬는 말로 이들을 '여유파' 혹

모리 오가이
(1862~1922)

나쓰메 소세키
(1867~1916)

은 '고답파'라고 부르기도 했다.

혹시 이 두 인물만 따로 비중 있게 다루는 것에 대해 의문을 품는
사람이 있을지도 모르겠다. 이것은 그만큼 이들이 일본 근대문학사
에 미친 영향이 웬만한 주의(主義)나 파(派)에 견줄 수 있을 정도로
대단하다는 뜻이다. 모든 사상이나 집단을 초월하는 경지에 이르렀
던 것이다. 과연 그 업적이 얼마나 대단하기에 이 정도로 높은 평가
를 받고 있는 것인지 지금부터 차근차근 알아보도록 하자.

1. 모리 오가이(森鴎外)

① 성장과정

오가이는 1862년 시마네(島根)현의 쓰와노(津和野)란 곳에서 태
어났다. 본명은 모리 린타로이다. 그의 집안은 대대로 쓰와노 번주가
(藩主家)의 전의를 맡고 있었는데 유독 손이 귀한 집안이라 그의 할
아버지와 아버지는 사실 양자라고 한다. 그런 상황이었기에 정실의
아들로 태어난 오가이는 가문의 기대를 한 몸에 받을 수밖에 없었다.
뒤에 자세히 나오겠지만, 끝없이 인내하고 단체를 위해 자기 자신을
희생하는 그의 성격도 이러한 성장배경에서 나온 것이 아닐까 한다.

어찌 되었든 그는 이러한 집안의 기대에 부응하려는 듯 어린 시절
부터 특출난 재능을 보인다. 만 6세 때 이미 한학을 배웠고, 11세 되
던 해에는 도쿄로 상경해서 친척집에 머물며 독일어를 배운다. 그리
고 이윽고 도쿄대학 의학부에 진학하게 되는데 실제 나이보다 두 살
이 더 많은 것처럼 속여서 입학한다. 그럼에도 성적은 늘 상위권이었

다. 만약 그가 한 외국인 교수와 싸우지만 않았다면 수석졸업도 가능했다고 한다. 어찌되었건 그는 비록 수석은 놓쳤지만 최연소로 학교를 졸업하고 의사가 되었다.

졸업 후 그는 독일 유학을 결심한다. 당시 최고 수준이던 독일의 의학을 배워오기 위해서이다. 그런데 여기서 그는 불가피한 선택을 하게 된다. 유학을 가는 조건으로 일본 육군에 들어간 것이다. 이는 훗날 그의 자유로운 문학활동을 방해하는 최대의 걸림돌이 된다.

여기서 잠깐!

태어나서부터 독일유학까지의 오가이를 보면 문학과는 아무런 연관성도 없는 것을 알 수 있다. 사실 그는 문학자가 아닌 의사라는 직업을 평생의 업(業)으로 생각하고 있었다. 귀국 후 작품 활동을 하는 것도 취미생활에 가까웠다. 훗날 나쓰메 소세키라는 걸출한 라이벌의 등장에 자극을 받은 후에야 진지하게 문학을 추구하게 되었다.

② 시와 평론

귀국 후 그는 『시가라미조시』라는 문예잡지를 창간하여 쓰보우치 소요와의 「몰이상논쟁」을 일으킨다. 또한 괴테 · 하이네 · 바이런 등의 시를 번역한 『오모카게』를 발표하는데 이것은 「신성사(新聲社)」의 동인들과 함께 한 작품이다. 덴마크 안데르센의 장편소설 번역인 『즉흥시인(卽興詩人)』도 이 시기에 발표된 것이다.

이렇게 그는 평론과 시 부분에서도 활약하면서 두 장르가 일본 문학계에 완전히 자리 잡을 수 있도록 노력했다.

③ 두 번째 좌절―고쿠라(小倉)로의 좌천

그의 소설 데뷔는 『마이히메』를 통해서 이루어졌다. 이 작품은 『우타카타노키』, 『후미즈카이』와 함께 초기 삼부작으로 불리고 있다. 작품에 대해서는 이미 낭만주의 부분에서 설명했기 때문에 생략하겠다.

그런데 『마이히메』의 성공으로 유명세를 타기 시작한 그는 곤란한 상황에 처하고 말았다. 군부에서 그의 문학활동을 탐탁치 않게 여긴 것이다. 결국 그는 군부의 압력에 굴복하고 문학활동을 잠시 중단하게 된다.

오가이의 고난은 거기서 그치지 않았다. 자유로운 문학활동도 하지 못하는 판국에 그와 사이가 좋지 않던 상관이 군의총감이라는 군의관 최고의 지위에 오르게 된 것이다. 대학 시절에도 교수와의 대립으로 수석졸업의 꿈이 좌절된 경험이 있는데, 결국 이번에도 상사와의 갈등을 극복하지 못하고 규슈(九州)의 고쿠라(小倉)라는 곳으로 좌천되고 말았다. 이것은 곧 통상적인 엘리트 코스에서 멀어진 것을 뜻했다. 밝았던 미래도 한순간에 앞을 알 수 없게 되어버린 것이다.

하지만 그는 결코 포기하지 않고 때를 기다렸다. 열심히 근무하는 한편으로 번역이나 평론활동을 계속했다. 또한 시게코(茂子)라는 아름다운 여성과 재혼하여 행복한 신혼생활을 보내기도 했다. 이미 불혹의 나이였던 그가 20세의 젊은 아내를 맞이한 것이다. 심각한 고부갈등은 옥에 티였지만 말이다. 참고로, 그가 4년간 고쿠라에서 생활하면서 겪은 일들은 『고쿠라 일기(小倉日記)』를 통해서 알 수 있다.

이 작품은 억울한 귀양살이에 대한 울분을 참고 있는 것처럼 매우 간결한 문장들로 이루어져 있다.

오가이는 독일유학을 마치고 귀국했을 때 이미 한 번의 좌절을 경험했다. 당시 일본의 시대상황으로부터 결코 자유로울 수 없는 자신을 발견하게 된 것이 그것이었다.

이 고쿠라로의 좌천은 그의 두 번째 좌절이었다. 하지만 첫 번째 좌절 때 그러했듯이 그는 이번에도 투쟁보다는 순응을 택했다. 어렸을 때부터 자연스레 몸에 익은 희생정신 덕분이었다. 개인보다는 집안, 그리고 국가를 먼저 생각하는 것이 당연하다고 여기는 그였으니 군부의 명령에 불복한다는 것은 상상할 수도 없는 일이었을 것이다.

그렇다고 그를 비겁하다 욕할 수 있겠는가. 끝까지 인내하며 때를 기다리던 그는, 마침내 자신을 좌천시킨 상관이 실각하면서 다시 도쿄로 돌아오게 된다. 그리고 5년 뒤에는 자신이 군의총감의 자리에 오르게 된다. 게다가 문학이나 의학은 물론이요, 연극 등의 예술 분야에서도 다양한 활동을 보여준다. 그는 오히려 두 번의 큰 좌절을 통해서 더욱 강해졌던 것이다.

④ 뚝심 있는 무사－노기(乃木)장군

사족 같지만 잠시 여기서 한 인물에 대해 짚고 넘어가자. 여러분은 혹시 노기 마레스케(乃木希典)라는 일본의 장군에 대해서 알고 있는가? 여러 의미로 해석될 수 있겠지만 아무튼 세계적으로 꽤 이름을 날린 인물인데, 이 노기장군과 오가이 사이에 작은 에피소드가 있다.

오가이가 고쿠라로 좌천되던 때 그와 친했던 동료들도 상관의 보복을 두려워해서 모두 그를 외면했다. 그런데 동료이기는 했지만 그다지 친한 사이는 아니었던 노기장군만은 역까지 그를 배웅했다. 남들의 이목이나 후환을 신경 쓰지 않고 동료로서의 마지막 예를 다한 모습이 아닐까 하는 생각이 드는데, 이 작은

노기 마레스케(1849~1912)

사건이 오가이에게는 대단히 고마운 일이었다고 한다.

노기장군에 대해 조금 더 알아보도록 하자. 1877년, 일본의 가고시마(鹿児島)에서 일어난 반란(서남전쟁)을 진압하는 과정에서 노기장군은 엄청난 실수를 범하고 만다. 군기를 적에게 빼앗긴 것이다. 그는 할복함으로써 이 치욕스러운 사건에 대한 책임을 지려고 했으나 메이지 천황이 차라리 그 생명을 자신을 위해 써달라면서 그를 말렸다. 그 후로 그는 더욱 열심히 전투에 임했다. 러일전쟁 당시에는 두 아들을 잃고도 그 슬픔에 좌절하기는커녕 오히려 어려운 상황을 승리로 이끌었던 적도 있다.

그랬던 그가 메이지 천황이 죽자 부인과 함께 할복자살을 했다. 말 그대로 천황을 따라 죽는 순사(殉死)였다. 그의 입장에서 자신은 원래 서남전쟁에서 군기를 빼앗겼을 때 이미 죽었어야 했다. 절대적인 충성의 대상인 메이지 천황의 설득으로 잠시 생명을 연장했을 뿐이었다. 그러니 메이지 천황의 죽음과 함께 미련 없이 그 생명을 버린

것이다. 이것은 어쩌면 죽어서도 천황의 옆을 보필하고 싶었던 그의 마음이 아니었을까. 오가이와의 일화에서도 볼 수 있듯이 우직하게 한 길만을 바라보는 사람이었다. 그는 세간의 평가에 신경 쓰지 않고 언제나 자신의 신념을 지켜왔던 것이다.

그리고 당연한 일이지만 이 순사 사건은 일본사회를 떠들썩하게 했다. 아니, 유럽 신문에도 나올 정도였으니 세계적인 이슈였다고 할 수 있다. 일본 문단계도 예외는 아니었다. 여러 문인들이 노기장군의 순사를 두고 찬반논쟁을 벌였다. 진정한 무사도냐, 야만적인 행위에 불과할 뿐이냐를 두고 말이다. 또한 이 사건을 작품 속에서 다루는 사람들도 있었다. 오가이와 소세키처럼.

⑤ 강력한 라이벌 등장!―나쓰메 소세키의 자극

다시 모리 오가이의 이야기로 돌아와 보자. 문학을 취미생활 정도로만 여기던 그에게 충격적인 일이 일어난다. 바로 나쓰메 소세키라는 걸출한 작가가 등장한 것이다. 잠시 창작활동을 쉬고 있던 오가이였는데, 그는 소세키의 등장에 자극을 받아 다수의 현대소설을 발표하기 시작한다. 특히『청년(青年)』,『기러기(雁)』,『망상(妄想)』은 꼭 알아두자.

사실 오가이와 소세키는 직접적인 교분이 있던 것은 아니다. 그러나 이즈음부터 서로 좋은 라이벌 관계를 유지하면서 주옥같은 작품들을 내놓았다. 특히 오가이의 경우, 만약 소세키의 등장이 없었다면 이렇게 정열적으로 문학활동을 할 수 있었을지 의문일 정도로 많은 자극을 받은 듯하다.

⑥ 오가이의 대표적인 현대소설

● 어른이 될 거야!―『청년(青年)』

*『청년(青年)』 줄거리

주인공 고이즈미 준이치(小泉純一)는 소설가를 지망하는 청년이다. 그는 현대사회를 직접 경험하기 위해 도쿄로 상경하고 작가로서의 소양을 키우며 성장해 간다. 한편 같은 고향의 법률학자 사카이(坂井)의 젊고 아름다운 미망인과 깊은 관계를 가지기도 했으나 사랑이 없는 관계에 회의를 느끼고 미망인과 헤어진다. 준이치는 사카이 부인과 헤어진 뒤의 공허감을 작품 창작에 대한 새로운 의욕으로 채우려, 전설을 현대화하는 소설을 쓰겠다는 결심을 한다.

일본의 유명한 노래 가사 중에 "사람은 눈물을 보이지 않고는 어른이 될 수 없어"라는 말이 있다. 실패와 좌절을 반복하면서 쓰라린 눈물을 흘려 본 사람만이 진정한 어른이 될 수 있다는 뜻이다.

나는 『청년』이 위의 노래 가사와 잘 어울린다고 생각한다. 눈물은 흘리지 않았을지 몰라도 한 청년이 어른이 되기 위해 겪는 성장통을 그리고 있기 때문이다. 청년은 자신의 꿈을 이루기 위해 노력하고 사랑 아닌 사랑으로 고뇌한다. 그 사랑 아닌 사랑 때문에 질투와 외로움의 감정을 느끼고 결국 그녀와의 이별을 결심하면서 더욱 성숙해지는 자신을 기대한다. 이러한 그의 모습은 말 그대로 '청년'이라는 느낌이 들지 않는가?

참고로 이 작품은 소세키의 청춘소설 『산시로(三四郎)』에 자극을 받아 발표한 작품이다.

● 아! 운명이여!—『기러기(雁)』

이 소설의 내용을 보면 여성이 자아에 눈뜨는 모습을 찾아볼 수 있다. 주어진 인생에 순응하며 살던 그녀가 일탈을 꿈꾸기 시작하면서 말이다. 그러나 『마이히메』의 도요타로가 그러했듯이 오타마(お玉)의 자아 역시 운명이라는 거센 파도에 잠겨버리고 만다.

(배경인 된 시노바즈 연못)

정말 기막힌 우연의 연속이다. 만약 오카다(岡田)가 평소처럼 혼자서 산보를 했더라면, 하다못해 하숙집의 저녁 반찬이 고등어 된장조림만 아니었더라면 오타마의 인생은 전혀 다른 방향으로 흐르지 않았을까. 우리의 운명도 이런 사소한 우연들로 인해 좌우되는 것은 아닌가 하게 만드는 작품이다.

※『기러기(雁)』줄거리

미청년 오카다(岡田)는 다부진 체격을 가진 의대생이다. 그가 평소 산책하는 길에서 오타마(お玉)라는 여인을 만난 것은 9월의 어느 황혼 무렵이다. 둘은 서로 인사를 주고받게 된다.

오타마는 처자가 있는 순사에게 속아 결혼을 한 적이 있고 지금은 나이 들고 가난한 아버지를 위해 사업가의 첩이 되었다. 생선가게 주인에게 비난을 받은 오타마는 첩이 된 자신의 행동을 후회하고 아버지를 찾아가지만 아무 말도 못하고 돌아오고 만다. 돌아오는 길에 오타마는 심경의 변화를 일으켜 지금까지는 남에게만 의존해 왔지만 이제 자신의 의지로 독립하고 싶다고 생각하게 된다. 그리고 그녀는 오카다를 꿈에서까지 보면서 그에게 가까이 다가가고 싶어 한다.

한편 오카다는 독일로 유학가기 위해 이사를 가게 되는데 그 전날 그는 나의 권유로 저녁을 먹으러 나간다. 오카다와의 만남을 기다리던 오타마는 나와 함께 걷고 있던 오카다를 무심히 바라볼 뿐이었다. 이것이 오카다와 오타마의 마지막 만남이었다.

＊『망상(妄想)』줄거리

늦여름의 어느 날 아침, 별장에서 백발노인이 자신의 '과거의 경력'을 회상하며 이 이야기는 시작된다.

베를린에 유학 간 20대의 주인공. 고향인 일본이 그리워 향수에도 젖고 외로움도 느끼지만, 자신에게 충실한 삶을 살고 있는가에 대한 의문을 가지고 열심히 학업에 전념한다. 3년간의 유학생활을 마치고 귀국해야 되는 시점에서 그는, 과학적 연구에 편리한 토양이 마련되어 있는 독일과 아직 그렇지 못한 일본에 대한 향수 사이에서 망설이다가 귀국을 한다.

그리고는 인생의 내리막길에 선 주인공의 영의 기갈과 죽음의 철학이 서술되고 그림이나 조각, 음악을 즐기는 주인공의 모습… 과학을 신뢰하고 의학의 장래를 기대하며 남은 여생을 살아가는 모습들이 그려진다.

⑦ 오가이의 역사소설

주로 현대소설을 쓰던 오가이지만 다이쇼 시대에 들어서면서 갑작스레 역사소설을 쓰기 시작한다. 이는 노기장군의 순사가 하나의 계기가 된 것으로 알려져 있다. 노기장군의 유서를 바탕으로 한 『오키쓰야고에몬의 유서(興津彌五右衛の遺書)』라든지, 순사(殉死) 소설인『아베일족(安部一族)』등의 작품을 내놓는다.

이 외에도『산쇼다유(山椒太夫)』,『다카세부네(高瀬舟)』등의 역사소설이 있는데, 오가이의 작품 중에서도 걸작으로 평가받고 있다.

그리고 그는 '역사적 전기〔史傳〕'라는 장르를 개척했다. 대단한 위인은 아니지만 역사적으로 실존했던 인물인 시부에 츄사이를 추적한『시부에 츄사이(渋江抽斎)』가 대표적인 예이다. 오가이는 픽션이 아닌 사실 속에서 인간의 본질적인 것을 추구하려 했다. 그러나 이러한 그의 소설은 너무나 사실적이고 설명적이기 때문에 소설이 아니라는 비판을 받기도 했다.

2. 나쓰메 소세키(夏目漱石)

지난 2000년, 일본의 아사히(朝日)신문에서 「천년의 문학자(千年の文學者)」라는 테마로 일본의 문학자에 대한 독자 인기투표를 한 적이 있다. 여기에서 겐지 모노가타리(源氏物語)의 무라사키 시키부(紫式部)를 근소한 차로 앞서며 1위를 차지한 인물이 나쓰메 소세키이다. 이는 현대 일본인들의 그에 대한 애정과 관심도를 단적으로 보여주는 예라고 할 수 있다. 일본에서 가장 흔히 쓰이는 지폐 단위인 천 엔(円)짜리의 인물로 선정되었던 것만 봐도 그렇다. '국민 작가'라 불리며 오늘날까지 존경 받는 것을 보면 그와 그의 작품에는 현대인들의 취향에 맞는 무언가 특별한 것이 있는 것 같다.

① 성장과정

나쓰메 소세키는 메이지 시대가 개막되기 1년 전인 1867년, 즉 에도 시대가 거의 끝을 보이고 있던 무렵에 태어났다. 그의 부친은 현재의 신쥬쿠 기쿠이쵸(新宿喜久井町)의 나누시(名主)였는데, 이 나누시라는 것은 에도 시대에 있던 직함으로 쉽게 말하면 촌장과도 같은 것이었다. 평민으로는 드물게 성씨를 가질 수 있을 정도로 꽤 영향력 있는 자리였다.

그러나 막부가 무너지고 메이지 시대에 접어들면서 가세가 급격하게 기울기 시작했다. 게다가 소세키가 태어났을 때는 이미 너무 많은 자식들이 있었고, 어머니는 수유가 불가능할 정도로 고령이었다. 그래서 그는 아이가 없던 젊은 나누시 부부의 집으로 입양되었다. 소세키는 입양이 된 후에도 친부모와 양부모의 집을 오가며 불안정한 생활을 하게 된다.

비록 집안문제로 인한 번뇌가 있기는 했지만 성적은 우수했던 것 같다. 졸업만 하면 도쿄대학 입학이 보장되는 제일고등중학교에 입학했을 정도이니 말이다. 하지만 입학 후 한동안은 공부를 도외시하고 방종한 생활을 하는 바람에 낙제를 하기도 했다. 하지만 낙제를 계기로 다시 공부에 매진하여 이후에는 줄곧 수석을 차지, 졸업 후에는 예정된 순서대로 도쿄대학에 진학했다. 전공은 영문학이었다.

대학 졸업 후 교직생활을 하던 그는 33세가 되던 해 본인의 의지가 아닌 문부성의 명에 의해서 영국유학을 떠나게 된다. 그다지 탐탁치만은 않은 유학길에서 그는 엄청난 좌절과 패배감을 느낀다. 경제적 어려움에서 오는 고통도 있었으나 신체적, 문화적인 열등감이 크게 작용했다. 이 열등감은 결국 피해망상으로 발전하여 신경쇠약이 된다. 일본에서는 그가 미쳤다고 소문이 날 정도였다. 그러나 이 유학 시기가 그에게 있어 나쁜 영향을 끼친 것만은 아니었다. 소세키는 일본에서 익힌 영문학과 서양문명에 대한 자신의 지식이 얼마나 피상적이고 현실과 다른지를 느낄 수 있었다. 비로소 그는 서양과 일본의 문화를 객관적인 시선으로 바라볼 수 있게 된 것이다. 영국 유학은 소설가로서 뿐만 아니라 문명비평이나 사상가로서의 면모를 지닌 나쓰메 소세키를 탄생시키는 데 있어 결정적 계기가 되었다고 할 수 있다.

그런데 30세가 넘은 이후에도 작품 얘기가 나오지 않는 것이 의아할 것이다. 사실 그의 문단 데뷔는 30대 후반에 이루어진다. 귀국 후 우연히 지인의 권유를 받아 집필을 시작한 것이다. 더욱 심해진 신경쇠약을 조금이라도 호전시키기 위함이었기 때문에 가벼운 마음으로 쓴 작품이었다. 하지만 그것이 의외의 호평을 받으면서 본격적으로 문학활동을 시작하게 된다.

② 문단 데뷔

소세키는 제일고등중학교 시절부터 가인(歌人) 마사오카 시키(正岡子規)와 친분을 유지하고 있었다. 시키는 소세키가 유학생활을 하고 있을 때 폐결핵으로 사망하는데 그가 주재하던『호토토기스(ホトトギス)』는 다카하마 교시(高浜虚子)가 물려받았다. 그리고 교시는 소세키에게『호토토기스』에 작품을 발표하지 않겠냐는 제안을 한다. 이에 소세키는 별 부담감 없이 데뷔작인『나는 고양이로소이다(吾輩は猫である)』를 발표하는데 고양이의 눈으로 근대문명을 비판한 이 작품은 예상외의 인기를 모았다. 결국 이 일을 계기로 소세키는 문단에 발을 들여놓게 된다.

『소세키 전집』
이와나미(岩波)서점 발행
1966년 3월 25일 초판

이후에도 그는 교직을 그만두고 본격적으로 작가활동을 하기 전인 2~3년 동안 여러 작품을 내놓았다. 그중에서『도련님(坊ちゃん)』과『구사마쿠라(草枕)』정도는 알아두면 좋을 듯하다. 특히『도련님』은 기회가 되면 꼭 읽어보길 바란다.

성격 급한 에도 사람인 도련님은 어린시절부터 학교 2층에서 뛰어내릴 정도로 무대포였다.

부모도 포기하였지만 유모인 기요에게 만큼은 바르고 좋은 성품이라고 인정받았다. 학교 졸업 후 시코쿠의 중학교에 수학교사로 부임하며

그 학교에서 빨간 셔츠, 끝물 선생, 야마아라시와 같은 선생들을 만나게 된다.

야마아라시 선생

빨간 셔츠 교감

끝물 선생

교감인 빨간 셔츠는 교활한 사람이었으며, 도련님은 의리파인 야마아라시 선생 등과 친해지게 된다.

도련님이 튀김 우동을 먹는 모습을 보고 학생들은 튀김 선생이라 부르며 비웃었으며, 당직실에 메뚜기를 풀어놓는 등 장난을 친다.

쿡쿡쿡. 선생님이 튀김 우동을 먹고 있네.

우왓!

한편 끝물 선생의 약혼자인 마을의 미인인 마돈나를 교감인 빨간 셔츠는 집안을 배경으로 가로채고…

끝물 선생을 다른 곳의 학교로 전근을 보내버렸다. 이에 성격은 급하지만 정의감이 강한 도련님은 분노하였으며

그만둬!

야마아라시 선생마저 학생들의 싸움에 말려들어 사표를 쓰게 되었다.

왜 야마아라시 선생만 사표를 내는 것입니까? 저도 내겠습니다.

그건 곤란해! 수학교사 두 명이 동시에 그만두면

어딜 도망가!

많이 묵었다 아이가.

결국 참다못한 도련님과 야마아라시는 기생집에서 머물던 빨간 셔츠 패거리들을 습격한다. 큰 소란을 피운 도련님은

야마아라시와 함께 마츠야마를 뒤로 하고 에도로 돌아왔다.

③ 소세키의 전기 삼부작

『구사마쿠라』 다음으로 발표한 『구비진소(虞美人草)』부터 그의 작품은 모두 아사히신문에서 연재되었다. 교직을 그만두면서 아사히신문과 전속계약을 맺었기 때문이다. 이는 본업이었던 영문학자의 길을 버리고 오직 작품활동에만 힘을 쏟겠다는 의지의 표현으로 봐도 무방할 것이다.

전업작가가 되고부터 「슈젠지(修善寺)의 대환(大患)」이 일어나기 전까지 연재한 작품 중 대표적인 세 작품을 「전기 삼부작」이라고 하는데 『산시로』, 『소레카라(それから)』, 『문(門)』이 그것이다. 이 세 작품은 주인공의 이름은 다르지만 테마가 어딘가 모르게 연속되어 있으니 순서대로 알아두자. 그리고 이 시기부터 남녀의 '연애'나 '삼각관계'가 작품을 이끌어가는 중심역할을 하게 된다. 소설의 갈등 구조를 형성하고 인간의 내면적 고뇌와 어두운 일면을 드러내기에 가장 적절한 소재라 여겼지 때문일 것이다.

● 알쏭달쏭한 그녀의 마음—『산시로(三四郎)』

이 작품이 바로 모리 오가이를 자극한 그 작품이다. 미묘한 연애감정이 주를 이루는 작품이지만, 당시 풍속이라든지 지식계급의 양상도 잘 묘사되어 있다. 개인적으로 결혼을 앞둔 미네코가 주인공에게 "내 죄는 항상 내 앞에 있다(我が罪は常に我が前にあり)"라고 하는 대목이 가장 기억에 남는다.

※『산시로(三四郎)』줄거리

『산시로』는 구마모토(熊本)에서 고등학교를 졸업한 주인공 산시로가 대학에 입학하기 위해 상경하는 장면에서부터 시작된다. 소박한 시골 청년 산시로는 도쿄에 와 이제까지와는 다른 새로운 세상과 여러 사람을 접하면서 놀란다. 그리고 어느 날 우연히 연못가에서 만난 미네코(美禰子)라는 여성에게 사로잡힌다. 또 친구인 요지로가 기거하고 있는 집의 히로다(廣田) 선생에게서 사상과 학문의 깊이를 배워간다.

아름다운 근대적인 여성 미네코에게 마음이 이끌리는 산시로였지만 그녀는 갑자기 다른 남자와 결혼하게 된다. 이를 알게 된 산시로는 그녀가 모델이 된 그림 앞에서 방황하는 어린 양이라는 말만을 되풀이할 뿐이다.

● 뒤늦은 고백, 그리고… ―『소레카라(それから)』

뒤늦은 고백은 용기가 아닌 무모함, 당당함이 아닌 비겁함으로 느껴진다. 사랑은 얻었을지 몰라도 결국 우정과 도의를 잃고 말았다.

(도쿄대학 안에 있는 산시로 연못)

이 작품에는 사랑 고백의 명문(名文)이라고 불리는 장면이 있다. 여러분은 사랑하는 사람에게 어떻게 고백하겠는가? 다이스케는 미치요에게 이렇게 고백한다. "나에게는 당신이 필요합니다. 정말 필요합니다"

간단하고 진솔한 고백, 그것이야말로 참된 사랑의 고백이 아닐까?

※『소레카라(それから)』줄거리

나가이 다이스케(長井代助)는 대학을 졸업하고 하는 일 없이 재산가인 아버지에게서 다달이 생활비를 받아 유유자적한 생활을 보내고 있는 독신청년이다. 그는 자신의 육체에 자긍심을 가지고 있으며 예술에도 조예가 깊다.

그러던 어느 날 친구인 히라오카(平岡)가 직업을 잃고 상경해 온다. 그의 부인 미치요(三千代)는 다이스케가 3년 전 의협심 때문에 히라오카에게 양보한 여인이다.

다이스케는 아버지로부터 재력이 있는 집안의 딸과 결혼할 것을 강요당하지만 이를 거절하고 결국은 미치요에게 사랑을 고백하게 된다. 미치요 또한 다이스케를 사랑하고 있었다. 둘은 서로의 사랑을 확인하지만 이 사실을 알게 된 히라오카가 그의 집에 이 사실을 폭로하여 다이스케에 대한 경제적 원조가 끊기게 된다. 그리고 미치요는 병이 나 자리에 눕는다. 미치요의 병이 낫기 전에는 다이스케에게 미치요를 양보하지 않겠다는 히라오카. 다이스케는 미치요를 볼 수조차 없게 되고 직업을 찾으러 밖으로 나간다.

● 문을 넘어서면… ―『문(門)』

이 작품의 키워드는 「불안(不安)」이다. 주인공은 과거의 죄, 그리고 현실 속의 생활문제로 항상 불안해한다. 과연 이러한 불안들을 일상의 소소한 행복만으로 충분히 극복할 수 있을까. 아니면 종교에 의

지하는 편이 훨씬 더 좋은 방법일까.

＊『문(門)』줄거리

소스케(宗助)와 오요네(御米)는 햇볕이 잘 들지 않는 벼랑 아래의 셋집에서 조용히 살고 있는 부부이다. 오요네는 원래 소스케의 친구였던 야스이(安井)의 부인이었다. 간통으로 맺어진 둘은 여기저기 전전하다가 도쿄에 정착하게 된다.

소스케는 원래 남부러울 것 없는 미래가 촉망되던 대학생이었지만 오요네와 맺어진 뒤 가족에게, 또한 세상에게 버려진 채 하급관리 생활을 하며 조용히 살고 있다.

오요네는 유산, 조산, 사산 등 3번이나 아이를 낳는 것에 실패한다. 점쟁이에게서 남에게 지은 죄 때문에 아이를 낳을 수 없다는 말을 들은 오요네는 남편에게도 말을 못하고 혼자서 괴로워한다.

또한 소스케는 가까스로 친해진 집주인 사카이(坂井)의 집에서 그의 동생과 함께 야스이가 놀러 온다는 말을 듣고 야스이와 만나게 될 두려움에 휩싸인다. 이에 오요네에게 말도 못하고 마음의 평정을 얻기 위해 선사(禪寺)를 찾지만 그 또한 실패로 끝난다.

그 사이 야스이는 돌아가 버리고, 소스케의 월급은 오르고, 하나밖에 없는 동생의 학교 문제도 해결되지만 언제 다시 올지 모르는 막연한 미래에 대한 불안은 그의 뇌리에 남아있다.

④ 소세키의 후기 삼부작

● 슈젠지(修善寺)의 대환(大患) 이후

앞에서도 '슈젠지의 대환'이라는 말이 나왔는데 자세한 설명은 하지 않았다. 꼭 무슨 엄청난 사건 같아 보이지만 사실은 그렇지 않다.

슈젠지 온천의
소세키 시비(詩碑)

이것은 신경쇠약에다 위궤양 진단까지 받은 소세키가 요양차 슈젠지라는 곳에 가게 되었는데, 그가 그 온천에서 갑자기 피를 토하고 의식을 잃은 사건을 말하는 것이다.

이후 소세키는 건강이 극도로 나빠진 상태에서도 열정적으로 작품활동을 계속했다. 그의 관심은 인간의 심리로 모아져 '자아'의 고독이나 불안, 양심의 문제를 깊게 파고들었다. 그렇게 해서 후기 삼부작이라 불리는 『히간스기마데(彼岸過迄)』, 『행인(行人)』, 『마음(こころ)』을 발표했다. 특히 『마음』의 경우는 소세키 문학의 백미로 꼽는 걸작 중의 걸작이다.

※『마음(こころ)』줄거리

대학생인 나는 가마쿠라(鎌倉)의 바다에서 서양인과 함께 있는 선생을 우연히 보고 그에게 끌리게 된다. 가마쿠라에서 돌아와 선생의 집을 방문하는데 선생은 세상과 단절되어 숨은 듯이 살아가면서 좀처럼 자신에 대해 입을 열지 않는다. 가족이라곤 부인뿐이다. 아버지가 위독해서 나는 고향으로 간다. 그러던 어느 날 날아온 선생의 편지를 보고 아버지가 위독함에도 불구하고 도쿄로 가는 기차에 오른다. 그것은 선생의 유서였던 것이다. 이 편지로 나는 선생의 비밀을 알게 된다.

선생은 숙부에게 아버지가 남긴 많은 재산을 다 갈취당하다시피하여 그에 대한 불신이 세상 사람들에게까지 이른다. 부인은 선생이 대학 시절 하숙했던 집의 딸이었다. 그는 그 딸을 사랑했다. 그러던 중 친구인 K도 그 집에 하숙을 하게 되고 K 또한 하숙집 딸에게 마음이 끌려 그 사실을 선생에게 고백한다. 하지만 선생은 그 딸과 자신의 결혼을 추진한다. 그리고 K는 자살해 버린다. 그에 대한 죄의식으로 괴로워하며 죽으려고 했던 선생은 메이지 천황이 죽자 그를 따라 할복자살한 노기대장의 소식을 접하고 자신도 목숨을 끊는다.

노기 대장의 순사를 모티브로 삼아 『마음』을 구상했다고 한다. 주인공인 선생은 절친한 친구를 배신하고 사랑하는 여자와 결혼하나, 친구는 자살하고 만다. 오랫동안 그 죄책감을 떠안고 살아온 선생은 결국 노기대장의 순사에 충격을 받고 자살하게 된다. 노기대장의 순사는 35년 전데 이미 죽음으로 죗값을 치러야 했으나 메이지 천황의 명으로 차마 죽지 못하고 있다가 비로소 양심의 무거운 짐을 덜 수 있는 기회를 찾았던 것이다. 선생 역시 윤리적 가책과 양심으로 고뇌하다 자살에 이르게 됨을 말해준다.

일본에서는 이 작품을 모르는 사람이 거의 없다. 대부분의 학교에서 다루고 있기 때문에 정독하지는 않았더라도 줄거리 정도는 대강이나마 알고 있다. 기회가 된다면 꼭 읽어보기를 바란다. 우선은 순수하게 작품을 음미하고 다음으로 등장인물들의 심리를 추측해 보면 좋을 것 같다. 해설을 보는 것은 가장 마지막이 되어야 할 것이다.

⑤ 만년의 소세키

줄곧 인간 내면의 에고이즘에 대하여 문제제기를 해 왔던 소세키는 만년에 이르러 그것을 극복할 수 있는 경지를 찾게 되었다. "칙천거사(則天去私)", 즉 '나를 버리고 하늘에 따른다'는 뜻이다. 본능적 에고이즘을 포기한다는 것이 말처럼 쉬운 것은 아니지만, 소세키는 그것을 실천하기 위해 부단히 노력했다. 『행인』이란 작품 속에서 나쓰메는 주인공의 입의 빌려 "죽을까 미칠까 그렇지 않으면 종교에 귀의할까" 하는 세 가지 길밖에 없다고 말했다. 죽음과 점차 가까워지면서 그는 동양적 정신으로의 귀의를 통해 내면의 고뇌를 풀 수 있는 열쇠를 찾고자 했는지도 모른다.

그리고 이러한 '칙천거사'의 관점이 주입된 작품이 『명암(明暗)』이다. 하지만 이 작품은 안타깝게도 미완성이다. 연재 도중에 소세키가 위궤양 내출혈로 사망했기 때문이다. 작품뿐만 아니라 그의 작품철학도 미완성으로 끝나버린 것만 같아 아쉬울 따름이다.

⑥ 소세키의 문명비평

소세키는 소설 이외에 평론이나 강연 등에서도 주목을 받았다. 특히 그의 소설 속에서는 잘 드러나지 않는 근데 문명에 대한 비평과 문학의 본질에 대한 탐구, 그리고 근대를 살아가는 일본인의 삶의 방식 등을 제시하며 근대 일본의 정신 형성에 지대한 영향을 미쳤다. 「현대 일본의 개화」에서 그는 일본의 근대화를 외국의 압력과 영향에 의한 '외발적 개화'라 규정하고, 그 혼돈의 양상과 정신적 불안, 공허를 지적했다. 시간의 흐름에 따라 자연스럽게 발현된 개화가 아니라 성질이 다른 문화의 갑작스런 이식이었기에 부작용을 일으키고 충돌한다는 말이 될 것이다. 그래서 문명개화를 했음에도 삶이 더 나아지기는 커녕 치열한 생존경쟁 속에 고통만 더해간다. 소세키는 일본의 개화 후의 모습을 '불구가 된 여자'에 비유한다. 아내를 그런 지경으로 만든 남편이 뒤늦게 후회해 보았자 아무 소용 없듯이, 돌이킬 수 없는 상태가 되어버린 불구와 같은 일본의 모습을 적나라하게 보여준다.

「나의 개인주의」는 나쓰메 소세키의 사상의 중심축인 '자기본위'를 설명한 강연으로 유명하다. 영문학을 전공하고 일본이라는 나라를 대표하여 영국 유학을 떠났으나, 그는 영국에서 따라 잡을 수 없는 그들과의 격차를 느끼고 좌절해야 했다. 자신이 그때까지 해 온 것은 서양 흉내내기에 불과할 뿐이라는 자괴감에 빠지고 만다. 그가 이런 고뇌에서 빠져 나올 수 있었던 것은 '자기본위'를 세움으로 해서였다. 유학에서 돌아온 대부분의 사람들이 서양을 절대시하여 무리하게 받아들이려 했던 '타인본위'였던데 반해 나쓰메 소세키는 이 '자기본위'라는 확고한 입각지를 통해 서양을 객관적, 상대적으로 바라보는 안목을 갖추게 된 것이다.

그는 더 나아가 개인의 삶에 있어서도 '자기본위'를 주장했는데, 이는 자신의 개성과 행복을 존중하면서 동시에 타인의 개성도 존중해야 한다는 입장을 견지하고 있었다. 즉, 주장이나 권리만 있는 것이 아니라 타자 존중과 의무, 책임을 수반한 개인주의라 하겠다. 이 '개인주의' 사상은 나쓰메 소세키의 전 생을 관통한 사상이라 할 수 있을 것이다.

다무라 도시코(田村俊子)와 노가미 야에코(野上彌生子)

다무라 도시코와 노가미 야에코는 아주 대조적인 삶을 살다간 여성작가이다. 우선 다무라 도시코는 스즈키 에쓰(鈴木悦)를 따라 캐나다의 벤쿠버로 갔다가, 그 후에는 19세 연하인 구보카와 쓰루지로(窪川鶴次郎)와 연인관계가 되어 중국으로 건너가는 등 애정행각이 대단했다.

여기서 구보카와 다쓰지로가 누군지 궁금해지지 않는가? 그는 사타 이네코(佐多稲子)의 남편이었는데, 결국엔 사타 이네코와는 이혼을 하게 된다.

구보카와는 의대 공부 중 양 부모의 갑작스런 사망으로 학업을 포기하고 작가가 되었다. 공산당 입당으로 정치활동도 하며『현대문학

다무라 도시코(1884~1945년)   노가미 야에코(1885년~1985년)

(現代文学論)』이라는 책과 많은 평론집을 내기도 했다.

이에 비해 야에코는 세 명의 남자아이의 어머니로서, 이해심 깊은 남편과 살아가는 중류 지식계급 가정주부로서 살아온 작가이다. 노가미 야에코는 남성작가들 사이에서 가장 신뢰를 받은 여성작가였다. 작가가 된 배경도 야에코는 남편의 지대한 후원 속에서 이루어졌고, 도시코는 생활비 조달을 위한 남편의 강압에 의해 작품을 써야만 했다.

하지만 작품세계는 두 사람 다 저마다의 특징을 갖추고 있어서 아주 뛰어난 여성작가라고 할 수 있다.

1. 다무라 도시코(田村俊子)

다무라 도시코는 일본여자 대학에 입학했지만 학교에 흥미를 느끼지 못해 중퇴하고 말았다. 그러다 고다 로한 문하에 입문하여 사토 로에(佐藤露英)라는 이름으로 『쓰유와케 고로모(露分衣)』라는 작품을 발표해 좋은 반응을 얻었다.

이후 동문인 다무라 쇼교(田村松魚)와 결혼하였는데, 생활고에 시달리다 남편이 강제로 쓰게 한 「단념(あきらめ)」이 오사카 아사히(大阪朝日) 신문에 1등으로 뽑혀 공교롭게도 이것이 문단 등장 작품이 된다.

메이지를 대표하는 여성작가로 히구치 이치요가 있으나, 본격적인 직업작가로서 문단에서 성공한 작가는 다무라 도시코가 처음이다. 또한 작가이면서 여배우로 활약하기도 한 여성 최초의 자립 한 직업

작가이기도 하다.

　도시코의 문학은 허무와 관능의 퇴폐미를 탐미적 수법으로 그려 그 독창성을 인정받았지만 근저를 이룬 것은 진정한 페미니즘이라고 할 수 있다. 젠더 인식을 무의식의 내면으로 발양(發揚)시킨 도시코 문학의 우수함은 『세이토(靑鞜)』의 창간호에 실린 『생혈(生血)』부터 시작된다. 이후 『서언(誓言)』,『유녀(遊女)』(후에 『여작가(女作家)』로 개제),『미이라의 입술 연지(木乃伊の口紅)』,『포락지형(炮烙之型)』,『노예(奴隷)』,『압박(圧迫)』,『그녀의 생활(彼女の生活)』 등 명작을 남겼지만, 점차로 퇴폐적인 정조의 색이 짙은 정화(情話)문학을 쓰기 시작했다. 하지만 메이지 말부터 다이쇼 초기에 걸쳐서 여성작가 다무라 도시코의 시대를 구축했다고 볼 수 있다.

　＊『그녀의 생활(彼女の生活)』 줄거리
　마사코(優子)는 애인인 아라타(新田)로부터 열렬한 구혼을 받지만, 결혼이 여자에게 굴욕스러운 일인 것을 주위에서 봐 왔기 때문에 쉽게 결정 내리지 못한다. "남자의 자만심에 자신의 영혼을 잃을 수 있는 결혼생활을 할 수는 없었다. 자신은 어디까지나 고귀한 존재인 한 인간으로 살아가야 한다. 사랑이라는 비겁한 핑계를 구실로 삼아 결혼의 덫에 빠져서는 안 된다"며 제도의 틀에 묶이지 않는 자유를 추구하는 마사코였기 때문이다. 하지만 여성의 자유를 보증한다는 아라타의 열의에 무너져 결혼하게 된다. 사랑과 상호이해에 의해 맺어진 연애결혼이지만, 마사코는 끝내 생활의 부담을 이기지 못해 이혼을 결심한다. 그러나 임신 사실을 알게 되어 새로운 도전에 맞서려고 할 때 작품은 끝나 버린다.

2. 노가미 야에코(野上弥生子)

노가미 야에코는 여학교를 졸업하고, 개인지도를 해 주던 도쿄대 영문과 재학 중인 노가미 도요이치로(野上豊一郎)와 결혼했다. 일생동안 공부를 계속하기에 가장 적합한 상대로 생각하고 결정한 용기 있는 자유결혼이었다. 소세키 문하생이었던 도요이치로는 집에서 기다리는 젊은 부인에게 소세키 산방의 활기찬 문학적 분위기를 상세하게 전하기도 했고, 또한 부인의 습작을 가져가 선생님의 지도를 받아 오기도 했다. 소세키는 우선 사생문에서 시작하도록 권하고 문학자로서 연륜을 쌓을 것과, 모든 사고에 철학을 가지도록 가르쳤다. 야에코는 평생 그것을 충실히 지키고 근면한 독서와 집필 생활을 지속하여, 나쓰메 소세키의 찬사를 받은 유일한 여성작가가 되었다.

작품으로는 『인연(縁)』, 『직녀성(七夕様)』으로 시작해서, 『마치코(真知子)』, 『젊은 아들(若い息子)』, 『미로(迷路)』, 『해신환(海神丸)』 등이 있다.

＊『마치코(真知子)』줄거리

주인공 소네 마치코(曽根真知子)는 재능이 있는 신여성으로 빈농 출신의 혁명가인 세키 사부로(関三郎)와의 결혼을 계기로 상류층 계급으로부터 벗어나 혁명운동으로 연결되는 유일한 길을 꿈꾸었다. 하지만 세키는 죽은 친구의 여동생인 마이코(米子)와 이미 결혼하여 임신까지 한 사실을 밝히며, 마치코와의 결혼을 원한다. 이에 마치코는 남자의 에고이즘과 혁명사상의 교조성(教條性)에 대해 환멸을 느낀다. 마치코는 자신의 꿈을 버리고, 결국 재벌인 상류 계급의 고고학자 가와이 가가히코(河井輝彦)의 열렬한 구혼을 받아 들여 결혼한다.

히라쓰카 라이초(平塚らいてう)

1906년 대학 졸업 후에도 영어와 한학을 배우고, 자신의 본성을 깨닫기 위한 참선을 계속한다.

세이비(成美) 여자 영어학교에 근무하며, 나쓰메 소세키의 문하생이자 같은 학교 교사인 이쿠타 조코(生田長江)의 주선으로 탄생된 '게이슈문학회(閨秀文学会)'에 참가했다. 소세키 문하생인 모리타 소헤이(森田草平)와의 '동반 자살 미수사건'으로 세간을 떠들썩하게 했던 장본인이기도 하다.

1911년 일본여자대학 출신인 야스모치 요시코(保持研子) 등과 세이토사를 만들어 『세이토(青鞜)』라는 여성문예잡지를 창간했다. 여성 집필자들만으로 구성된 문예 잡지라는 것은 전례가 없는 일이었기에 한꺼번에 스포트라이트를 받게 되었다. 라이초는 『세이토』에

히라쓰카 라이초(1886~1971년)

「원래 여성은 태양이었다」라는 발간사를 라이테우(らいてう)라는 필명으로 실었다. 1913년에는 평론집 『둥근 창문에서(円窓より)』를 간행하지만, 문부성의 현모양처 이념에 맞지 않다는 이유로 발매 금지 처분을 받기도 했다.

다음해에는 오쿠무라 히로시(奥村博史)와 법적으로 혼인을 하지 않은 채 함께 살았다. 그 당시에 연하의 남자와 동거생활을 시

작 할 정도로 신여성중의 신여성이었던 것이다. 여기서의 신여성이란 라이초 자신이 구가하고자 했던 그런 의미의 남성과 비교하여 열등하지 않은 지식을 갖춘 신여성이 아니다. 세간의 남성들이 자유연애자 여성이나 외모가 색다른 여자에게 붙이는 조소 담긴 신여성이라고 봐야 될 것이다.

『세이토』 창간호

그러나 1918년~19년에는 요사노 아키코(与謝野晶子), 야마카와 기쿠에(山川菊榮) 와 더불어 여성노동과 가정의 양립을 둘러싼 과제를 이론적으로 모색한 '모성보호논쟁'으로 모성의 사회적 권리를 요구했으며, 대전 후에는 '부인연맹'이라는 신 부인협회를 결성하여 여성 권익보호에 앞장서기도 했다.

● 다음은 히라쓰카 라이초를 중심으로 한 여성문학가들의 기관지 『세이토(青鞜)』에 대해 알아보자.

여성문예잡지 『세이토(青鞜)』는 란 이쿠다 조코(生田長江)가 지어준 잡지명으로, 19세기 영국에서 일어난 new women 운동의 여성들을 지칭한 '블루 스타킹'을 한자 세이토(青鞜)로 바꾼데서 유래했다고 한다. new women운동을 하는 여성들은 가부장제도의 여성의 역할을 거부하고, 여성들의 지위 향상과 남녀의 동등한 권리를 주장했다. 이러한 정신은 일본의 지식인 여성에게 그대로 이어져, 가부장제에서 억압된 여성의 권리를 주장하고, 여성 자아의 각성과 확립에 대해서『세이토』를 통해 역설하게 되었다.

창간호는 목차·판권장·광고를 제외하고 134페이지로 구성되어 있고 그 권말에는 '세이토사 개칙' 전 12조와, 발기인 5인, 찬조원 7인, 사원 18인 등 합계 30인의 여성들의 이름이 가나다순으로 쓰여 있다. 이중 세상에 이름이 알려진 사람은 요사노 아키코와 다무라 도시코 뿐이고 거의 대부분은 무명이지만, 모두 문학과 관련이 있었으며, 발기인 중에 모즈메 가즈코(物集和子)를 제외한 4인은 일본여자대학 졸업생이었다. 창간호의 표지그림은 나가누마 지에코(長沼知恵子)가 그렸다. 길게 땋은 머리카락을 앞으로 늘어뜨리고 옆얼굴을 보인 여자의 입상으로, 꽤 장식적인 레이아웃이며 '신여성'의 잡지에 어울리는 기품과 격조를 감돌게 하고 있다.

창간호의 발행부수는 1000권, 전성기에는 3000권이나 되었다고 한다. 하지만 창간 1주년이 지날 무렵『세이토』는 현모양처주의의 기본을 위협한다는 명분아래 여러 번 발금처분을 당하자 경영의 어려움에 봉착하게 된다. 그러나 세이토사는 '신 여자와 그 밖의 부인문제에 관하여'라는 특집을 2호에 걸쳐 싣고 공개강연회를 성공시키는 등, 문예연구회를 기획하여 겨우 그 난국을 극복했다. 그와 더불어 엘렌·케이, 하베로크·에리스, 에마·골드만 등의 번역을 게재하여 여성해방의 방향을 모색했다.

하지만 끝내『세이토』를 창간한 히라쓰카 라이초는 부실한 편집과 경영에 대한 책임을 지고 '3주년 기념호(3週年 紀年号)'의 편집을 마지막으로 이토 노에(伊藤野枝)에게 후임을 맡기게 되었다.

　『세이토』는 다이쇼기에 들어서는 여성해방 사상지의 색채가 강했다. 『세이토』는 1911년 9월에 창간되어 1916년 2월호(전 6권 52호:1914년 9월호와 15년 8월호는 결호)를 끝으로 영구 휴간되기까지 여성문예지의 면모를 잃지 않았다. 현모양처주의에 반발하며 시대의 젠더 틀에 구애받지 않는 자아에 눈뜬 여성들의 공동의 장으로써 여성들이 처해진 현실을 응시하고, 삶의 방식을 모색했다는 확실한 존재감을 가지고 있다.

● 『세이토』 창간호에 실린 다음의 히라쓰카 라이초의 발간사는 여성의 해방, 독립을 호소하는 강한 메시지를 품고 있다.

「원래 여성은 태양이었다」
원래, 여성은 실로 태양이었다. 진정한 인간이었다.
지금, 여성은 달이다. 타인에 의해 살아가고 타인의 빛에 의해 빛나는 병자와 같은 창백한 얼굴의 달이다.
그래서 여기에 「세이토」는 처음 소리를 내었다.
현대 일본 여성의 두뇌와 손에 의해 비로소 출간된 「세이토」는 처음 소리를 내었다.
여성이 하는 일이 지금은 단지 조소를 초래할 뿐이다.
나는 잘 알고 있다. 조소 속에 숨겨진 그 무엇을.

나는 조금도 두려워하지 않는다.
그러나 어떻게 할 것인가, 여성 스스로가 자신에게 더욱 새삼스럽게 느끼는 수치와 치욕의 비참함을.

여성이란 것이 이렇게까지 구역질나도록 불쾌한 것일까.

아니 그럼, 진정한 인간이란—

우리는 현재를 살아가는 여성으로서 할 수 있는 한, 모든 것을 다 했다. 자식처럼 정성을 다해 만든 것이 「세이토」이다. 가령 그것이 저능아, 기형아, 조숙아일지라도 하는 수 없다. 당분간 그것으로 만족해야 한다.

과연 모든 정성을 다한 것인가.

아, 누가 만족해 할 것인가

나는 이에 보다 많은 불만족을, 여성 스스로 새롭게 했다

여성이란 이렇게도 힘이 없는 것인가

아니 그럼, 진정한 인간이란— (생략)

● ● 복습시간 ● ●

〈모리 오가이(森鷗外)〉

1. 독일유학을 마치고 돌아온 모리 오가이는 문예잡지를 창간하여 쓰보우치 쇼요와 「몰이상논쟁」을 일으키고 외국의 유명한 시를 번역한 시집을 발표한다. 평론과 시라는 장르가 일본 문학계에 자리 잡을 수 있도록 노력한 것이다. (OX 문제입니다. 만약 X라고 생각하시면 그 이유도 함께 말해주세요)

2. 『마이히메(舞姬)』의 성공으로 유명세를 타기 시작한 오가이는 군부의 배려로 규슈(九州)의 고쿠라(小倉)라는 곳에서 문학활동에 매진할 수 있게 되었다. (OX 문제입니다. 만약 X라고 생각하시면 그 이유도 함께 말해주세요)

3. 오가이의 현대소설 중에서 소세키의 청춘소설 『산시로(三四郎)』에 자극을 받아 발표한 것으로 알려진 작품의 제목은 무엇인가.

4. 주로 현대소설을 쓰던 오가이가 다이쇼(大正) 시대에 들어서면서 갑작스레 역사소설을 쓰기 시작하는데, 여기에는 어느 사건이 하나의 계기가 된 것으로 알려져 있다. 특히 『오키쓰야고에몬의 유서(興津彌五衛の遺書)』나 『아베일족(安部一族)』이라는 작품과 밀접한 관계를 맺고 있는 이 사건은 과연 무엇인가.

5. 여성이 만든 최초의 문예잡지는 무엇이며, 언제 누가 만들었는가?

● ●답변● ●

1. O

2. X (『마이히메(舞姬)』의 성공으로 오히려 군부의 압력을 받아 문학활동을 중
   단하게 된다. 그가 고쿠라(小倉)로 가게 된 것도 군부의 배려가 아닌 상사와
   의 갈등으로 인한 좌천이었다)

3. 『청년(青年)』

4. 노기 마레스케(乃木希典)장군의 순사(殉死)는 오가이에게 상당한 영향을
   미친 것으로 알려져 있다. (노기장군의 순사)

5, 『세이토』, 1911년 히라쓰카 라이초가 주재했다.

● ● 복습시간 ● ●

〈나쓰메 소세키(夏目漱石)〉

1. 도쿄대학에서 국문학을 전공한 나쓰메 소세키는 졸업 후 한동안은 교직생
   활을 한다. 하지만 문학에 대한 열정을 포기하지 못하고 33세라는 다소 많
   은 나이에 영국유학을 감행, 귀국 후 성공적인 문단 데뷔를 하게 된다. (OX
   문제입니다. 만약 X라고 생각하시면 그 이유도 함께 말해주세요)

2. 다카하마 교시(高浜虚子)의 권유를 받아 『호토토기스(ホトトギス)』에 발
   표한 그의 데뷔작은 예상외의 호평을 받는다. 고양이의 눈으로 근대문명을
   비판한 이 작품의 제목은 무엇인가.

3. 소세키의 전기 3부작의 특징은 어딘가 모르게 테마가 연속되어 있다는 것이
   다. 이 세 작품을 순서대로 나열해보자.

4. 「슈젠지의 대환」 이후의 작품들로서 소위 소세키의 후기 3부작이라 불리는
   작품들은 무엇인가.

5. 소세키가 만년에 이상으로 삼은 심경으로, 「나를 버리고 하늘에 따른다」는
   의미를 지닌 이 말은 무엇인가. 참고로, 그의 미완성 작품 『명암(明暗)』은 이
   에 대한 실천으로 여겨지고 있다.

● ●답변● ●

1. X (소세키의 전공은 영문학이었다. 그리고 영국유학도 문부성의 명령에 의해 어쩔 수 없이 가게 된 것이다. 문단 데뷔 역시 본인의 의지라기보다는 타인의 권유에 의한 것으로, 문학에 대단한 열정을 품고 있었다고는 볼 수 없다.)

2. 『나는 고양이로소이다(吾輩は猫である)』

3. 『산시로(三四郎)』, 『소레카라(それから)』, 『문(門)』

4. 『히간스기마데(彼岸過迄)』, 『행인(行人)』, 『마음(こころ)』

5. 「칙천거사(則天去私)」

프롤레타리아문학 vs 예술파

1910년경부터 다이쇼 전반인 1916년경에 걸친 일본 문단의 양상을 설명할 수 있겠는가? 오랜 기간 군림하던 자연주의와 이에 반발하는 형식으로 일어났던 반자연주의 세력, 그리고 모리 오가이와 나쓰메 소세키라는 두 거장이 활약했던 시기이다.

그리고 드디어 쇼와(昭和) 시대가 도래했다. 이때의 문학 양상을 설명하기 위해서는 먼저 당시 일본사회의 전반적인 분위기부터 이야기해야 할 것이다.

쇼와 시대 바로 전인 다이쇼 시대의 일본은 엄청난 번영을 누리고 있었다. 제1차 세계대전의 발발 때문이다. 서구 열강들이 한창 전쟁에 열을 올리고 있을 때, 일본은 엄청난 양의 군수물자를 팔면서 막대한 부를 축적했다. 그와 동시에 국제적 지위 또한 다른 아시아 국가와는 비교가 되지 않을 정도로 높아졌다. 단기간에 엄청난 번영을 이룬 것이다.

하지만 다이쇼 시대의 버블 번영은 쇼와 시대에 이르러 그 대가를 치르게 된다. 전쟁이 끝나면서 주요 수입원이던 군수물자의 수요량이 급격히 떨어지기 때문이다. 게다가 국제정세도 그리 좋지 않았다. 1929년, 뉴욕 주식시장의 주가 대폭락을 계기로 확산된 세계공황으로 인해 자본주의 국가 대부분이 전무후무한 대불황을 겪어야만 했기 때문이다. 쇼와 시대의 출발은 이렇게 암울한 분위기에서 시작되었다.

이러한 시대 분위기 속에서 문학 사상은 실천적인 모습으로 사회 문제를 해결하려는 쪽과 외부 상황을 무시하고 오로지 예술로서의 문학을 추구하려는 쪽의 두 갈래로 나눠진다. 전자는 프롤레타리아 문학, 후자는 예술파를 가리킨다.

프롤레타리아문학

불경기가 찾아왔다고 해서 모든 사람들이 빈곤에 허덕이는 것은 아니다. 돈이 돈을 번다고, 자본가 계급은 오히려 더욱 막대한 부를 챙겼다. 반대로 노동자 계급은 스스로를 혹사해가며 일해도 항상 생활고에 시달려야만 했다. 두 계급 사이에 심각한 불균형이 초래된 것이다.

이런 상황에서 마르크스주의가 들어왔다. 이는 노동자 계급의 구미에 딱 맞는 사상이었다. 결국 지식인들을 중심으로 엄청난 반향을 일으킨 이 사상은 순식간에 일본 사회를 뒤덮어버렸다.

그리고 이 사상에 동조하는 문학을 프롤레타리아문학이라고 한다. 노동자 계급의 자각과 요구, 사상과 감정에 기인하고 있는 문학이다. 당장 현실의 생활이 급한 판국에 이상이나 추구하고 있는 부르주아적 문학은 사치에 불과하다, 노동자들의 상황을 대변해 주고 나아갈 길까지 제시해 주는 프롤레타리아문학이 훨씬 매력적이다 라고 생각한 것이다.

그러나 노동자들의 사상적 자각은 기득권층에게 매우 위협적일 수밖에 없었다. 그래서 이와 관련된 단체나 인물은 국가적 탄압을 받아야만 했다. 모진 고문을 견디다 못해 숨진 작가도 있었다. 정말 문학을 비롯한 모든 것이 암울하고 혼란스러운 시대였다.

1. 세 잡지

그럼 이제 프롤레타리아문학 운동의 중심이 되었던 세 잡지에 대해 알아보자. 먼저 반전과 피억압계층의 해방을 위한다는 취지로『씨 뿌리는 사람(種蒔く人)』(1921~1923)이라는 잡지가 창간되었다. 그리고 관동대지진으로 폐간된 이 잡지의 동인들이 중심이 되어 마르크스주의적 이념을 내세운『문예전선(文藝戰線)』(1924~1932)을 창간하였는데, 이후 프롤레타리아 문학운동의 중심 거점이 된다. 마지막으로 전일본무산자예술연맹(全日本無産者藝術連盟, NAPE)

『씨 뿌리는 사람』

의 기관지 『센키(戰旗)』(1928)가 나왔다.

이 잡지는 급진적 나르크스주의를 표방하여 노동자와 농민의 계몽 활동이 주된 목적이었다. 여기에서 활동한 대표 작가로는 고바야시 다키지(小林多喜二), 나카노 시게하루(中野重治) 등이 있으며 이론 적 지도자로서는 구라하라 고레히토(藏原惟人)를 들 수 있다. 그는 『전기』 창간호에 「프롤레타리아 리얼리즘을 향한 길」을 발표하여 전투적 프롤레타리아의 입장에 서야 한다고 주장했다. 같은 프롤레 타리아문학 운동이라도 잡지마다 내세우는 이념이 조금씩 다르기 때 문에 주의 깊게 살펴보자.

2. 노동자들이여, 행동하라!―고바야시 다키지(小林多喜二)

고바야시 다키지
(1903~1933)

프롤레타리아문학 작가로는 우선 『가니코센(蟹工船)』의 고바야시 다 키지(小林多喜二)를 기억하자. 위 에서 말한 국가의 탄압에 의해 숨진 이가 바로 이 사람이다. 1933년 체 포되어 몇 시간 후에 고문으로 사망 한다. 그의 죽음을 둘러싸고 검찰 당 국 내에서도 이와 같은 비인간적인 행위에 대한 비난의 소리가 높아져,

같은 해 말 체포된 미야모토 겐지(宮本顯治)가 죽음을 면하고 있었 다고 한다. 주로 노동운동과 혁명운동을 그린 작품을 내놓았다.

※『가니코센(蟹工船)』줄거리

　게를 잡아 통조림으로 만드는 공장선인 게공선이 하코다테(函館)를 출항하여 캄차카로 향한다. 이 배는 쓸 수 없을 정도로 낡았고 배에 모인 노동자들은 악취가 나는 배 밑의 선반에서 생활한다. 이 게공선에 탄 아사카와(淺川)라는 감독은 폭력적이고 비인간적인 남자이다.

　혹독한 환경에 처하다보니 감기나 병에 걸리는 사람이 늘어났는데 감독은 그런 병자에게까지 일을 시킨다. 그러던 중 각기병에 걸려 누워있던 27세의 젊은 어부가 죽는다. 낮에 일하지 못한 그에게 아사카와가 밤새 문지기 일을 시켰던 것이다.

　결국 어부들은 9명의 대표를 세워 동맹파업을 하지만, 구축함이 나타나 9명을 태우고 사라져 버린다. 그러나 그들은 대표를 뽑지 않고 모두가 한 덩어리가 되어 다시 일어난다.

　다키지는 노동자들 스스로의 투쟁을 통한 쟁취를 바랐다. 적대관계에 있는 자본가 계급은 물론이고 제국의 군대조차도 노동자의 편이 아니라는 잔혹한 현실을 보여주면서 말이다. 비록 작품 속 반란은 군대의 개입으로 실패하고 말았지만, 그것이 오히려 많은 노동자들에게 투쟁만이 살길이라는 인식을 심어주었다고 본다. 투쟁하지 않으면 고통스런 현실에서 벗어날 수 있는 실낱같은 희망조차 찾을 수 없는 것이다.

3. 여성 프롤레타리아문학 작가들

① 미야모토 유리코(宮本百合子)

　미야모토 유리코(宮本百合子)는 어머니의 도움으로 발표한 『가

미야모토 유리코(1899~1951년)

난한 사람들의 무리(貧しき人々の群)』(1916년)가 당시의 『중앙공론(中央公論)』에 게재되어 화려한 데뷔를 했다. 유리코는 1918년 가을, 건축 일로 출장 가는 아버지를 따라 미국으로 건너가 콜롬비아대학 청강생으로 뉴욕에 체류하면서 알게 된 고대 동양어 연구자 아라키 시게루(荒木茂)와 1919년 말 귀국하여 결혼을 했다.

하지만 결혼생활은 순탄치 않아 헤어지게 된다. 유리코는 연애에서 결혼, 이혼에 이르기까지의 자신의 삶을 그린 장편소설 『노부코(伸子)』를 발표하여 좋은 평을 받았다.

1927년 12월 유아사 요시코(湯浅芳子)와 함께 소비에트연방에서 돌아온 유리코는 프롤레타리아 문학운동에 참가했다.

예리한 평론가이며 문학활동의 동지인 미야모토 겐지(宮本顕治)와 결혼하지만, 대탄압으로 신혼 2개월 만에 겐지는 지하활동으로 들어가고, 검거 투옥되어 패전 후 석방될 때 까지 13여 년을 함께 살 수 없는 부부로 지냈다.

유리코 자신도 검거 투옥이 거듭되지만 군국주의에 저항하며, 집필금지가 풀릴 때마다 짬짬이 왕성한 작가활동을 했다.

자신의 삶을 스스로 개척해 나가고자 하는 노부코(伸子)는 아버지를 따라 뉴욕에 와서 알게 된 쓰쿠다(佃)와 주위의 반대를 무릅쓰고 결혼한다. 그리고 귀국하여 노부코의 친정집에서 함께 살게 되었지만 상류계층의 노부코 집안, 특히 노부코의 어머니 다케요(多計代)의 욕구를 충족시키지 못해 불화가 계속되어 두 사람은 따로 살게 된다. 노부코는 행복할 줄 알았던 결혼생활에 회의를 가지게 된다. 뭔가에 열중하고 싶은 젊디젊은 생명의 자극을 충족시키지 못하고 있는 노부코는 자신이라는 한 사람의 여성 속에 있는 여러 가지 욕망과 본능을 강하게 자각하고 쓰쿠다와의 이혼을 결심하기에 이른다.

② 하야시 후미코(林芙美子)

후미코의 초기 작품 『방랑기(放浪記)』에서부터 마지막 작품인 『뜬구름(浮雲)』까지를 보면 그녀의 인생 경로와 비슷하다고들 한다.

후미코의 생애를 무대로 한 『방랑기』의 상연은 1500회를 넘었고, 극장은 여성들의 뜨거운 공감으로 넘쳐났다. 모리 미쓰코(森光子)라는 여배우의 매력과 하나가 되어 하야시 후미코(林芙美子)라는 이름은 지금도 『방

하야시 후미코(1903~1951)

랑기』와 함께 계속 살아 있다.

작품으로는, 보따리 장사의 어두운 현실을 그린 『굴(牡蛎)』, 『번개(稲妻)』, 『두견새(杜鵑)』 등을 발표했다. 전후에는 패전 직후의 일본을 무대로 전쟁에 의해 상처 받은 여성의 여러 가지 고통, 슬픔이나 불행을 『가와하제(河沙魚)』, 『뼈(骨)』, 『다운타운(下町)』, 『쇠고기(牛肉)』 등에 훌륭히 그려냈다. 그중에서도 『만국(晩菊)』, 『뜬구름』은 가정을 떠나 사는 여성을 그린 걸작으로 높이 평가되고 있다.

＊『방랑기(放浪記)』줄거리

한 여인이 공중탕의 심부름꾼, 하녀, 여성 신문기자, 사무원, 파출부, 판매원, 봉투쓰기 등, 거의 여성이라면 가능한 직장을 모두 전전하며 살아가는 과정을 그린 다큐멘터리이다.

먹고 살기 위해 직장을 옮겨가며 악전고투하는 주인공의 생활이 남성 문제와 얽히고설키어 가면서 전개되어 간다. 십수 회에 걸친 이직은 이렇다 할 연고지도 없이 도시로 올라온 여성이 살아가기 위해 거친 필연적인 길이었다. 남자의 2분의 1, 또는 3분의 1이라고 하는 낮은 급료로 인해 주인공 '나'는 '남자'를 의지해서 살 수밖에 없었다. 남녀관계에 있어서도 한 번 관계를 맺으면 "매춘부가 되는 편이 오히려 신경 쓰이지 않아 좋을 것 같다"는 극단적인 생각마저 할 정도의 비참한 여성의 삶이 그려져 있다.

---

③ 사타 이네코(佐多稲子)

사타 이네코는 소녀시절의 노동 체험을 소설화한 『캐러멜 공장에서(キャラメル工場から)』(1928년)라는 작품으로 프롤레타리아 작가로 데뷔하였다. 그 배경에는 친가의 몰락으로 인한 어릴 때부터 어

려운 환경에서 자랐다. 그녀는 여공·가정부·여관 종업원 등을 거쳐, 일본 소학교 중퇴의 학력을 위조해 들어간 일본 회사의 상사의 소개로 자산가와 결혼하지만 실패하게 된다. 카페의 종업원으로 재출발한 것이 동기가 되어 『당나귀(驢馬)』의 동료 구보카와 쓰루지로(窪川鶴次郎)와 연애결혼을 하게 된다. 바로 그 당시가 프롤레타리아 문학 발흥기로, 이네코는

사타 이네코(1904~1983)

1928년 프롤레타리아 작가 동맹에 가입하고 일본 공산당에도 입당해 미야모토 유리코와 함께 프롤레타리아 문학 운동에서 적극적으로 활동한다.

　『구레나이(くれない)』,『유방의 고통(乳房の苦しみ)』,『수수신록(樹樹新緑)』 등에서 혁명 운동 중에도 엄연히 존재하는 성차별과, 당시의 성 도덕의 이중성을 그려내 주목을 받았다. 그 외에도 공산당과의 관계를 그린『나의 도쿄지도(私の東京地図)』,『계류(渓流)』,『소상(塑像)』 등이 있고, 여성 문제를 그린『여자의 집(女の宿)』,『애처로움(哀れ)』 등이 있다.

＊『캐러멜 공장에서(キャラメル工場から)』줄거리

그녀가 집을 나온 것은 어둘울 때였다. 그러나 이미 공장의 철문은 굳게 닫혀 있었다. 주인공 히로코(ひろき)는 지각을 했다. 얼마 안 되는 일급으로 일하는 캐러멜 공장의 여공들에게 지각은 절대 허용되지 않았다. 그런데 지각을 해서 집안에서 끌어 모아 겨우 마련한 차비도 받을 수 없게 되어 버렸다. 히로코는 추위로 몸이 얼어 버리는 것보다도 지각이 더 무서웠다. 가난해서 초등학교 5학년 때 학교를 그만두고 일을 시작할 수밖에 없었던 히로코에게 있어서 집안에 폐를 끼치는 지각은 무엇보다도 공포의 대상이었다. 공장의 일급제가 정해진 다음부터 수입이 줄어든 히로코는 작은 국수 가게에서 숙식하며 일하게 된다.

④ 히라바야시 다이코(平林たい子)

다이코는 아버지 대에 가업이었던 제사업(製絲業)이 도산하여 어릴 때부터 생활의 고통을 알게 되었다. 여학교 재학 때부터 문학을 지망하여『씨 뿌리는 사람(種撒く人)』등을 읽고 사회주의에 눈뜨게 되었다. 1922년 졸업과 함께 상경하여 도쿄 중앙 전화국 교환수 견습생이 되지만, 한 달 만에 해고 당했다. 이후 무정부주의자 야마모토 도라조(山本虎三)와 알게 되어 동거하게 되었지만, 관동 대지진 후 도쿄

히라바야시 다이코(1905~1972년)

퇴거령을 받아 만주 대련으로 건너가게 된다. 1927년『문예전선』동인의 고보리 진지(小堀甚二)와 중매결혼을 한 이래 다이코는 다시 진지하게 사회주의에 심취해 간다. 같은 해 대련에서의 비참한 경험을 바탕으로 한『시료실에서(施療室にて)』를 발표, 일약 프롤레타리아 문학의 유력한 신인으로서 주목받게 된다. 그 외 작품으로는『때리다(殴る)』,『비간부파의 일기(非幹部派の日記)』,『부설열차(敷設列車)』등이 있다.

다이코는 역경에 부딪쳤을 때 오히려 의욕이 끓어오르는 불굴의 기질로 몸소 맞서는 고집스러운 삶을 산 작가이다.

＊『시료실에서(施療室にて)』줄거리

주인공 '나'의 남편은 끈질기게 쟁의를 도모하고, 테러를 계획한 죄로 수감된다. 심한 임신 각기병에 걸려 있는 '나'는 출산 후 공범으로 수감될 감시를 받고 있는 몸이었다. 시료실에서 '나'는 출산했다. 위선적인 자선 병원에서는 태어난 아이에게 임신 각기병에 걸린 부모가 모유를 먹이는 것을 보고도 못 본채 했고, 이러한 잔혹함으로 아이는 생후 하루 만에 사망하고 만다. '나'는 각기병에 걸린 자신의 젖을 먹고 고름이 찬 듯 부어올라 잠든 아기의 애처로운 모습을 그려본다. 출산 후 '나'는 바로 수감신청을 한다.

4. 기타 프롤레타리아문학 작가들

고바야시 다키지 외에도『우미니이쿠루히토비토(海に生くる人々)』의 하야마 요시키(葉山嘉樹),『타이요노나이마치(太陽のない街)』의 도쿠나가 스나오(德永直) 등이 프롤레타리아문학 작가로서 활동했는데, 주로 노동자들의 비참한 현실을 그린 작품이 많았다.

예술파

　정치적이고 선동적 성향이 강한 프롤레타리아문학에 반발하는 세력도 만만치 않았다. 대표적인 것이 예술파 운동으로, 그들은 문학을 무언가의 수단으로 이용하는 것에 반대하는 입장이었다. 오로지 문학 그 자체를 최고의 가치로 보고 예술만을 추구했는데, 이는 예술지상주의와 일맥상통하는 부분이 있다고 볼 수 있다.

1. 신감각파(新感覺派)

　이 예술파 운동은 세 그룹이 중심이 되었다. 먼저 『문예시대(文藝時代)』라는 잡지를 중심으로 활동한 신감각파가 있는데, 이들은 비유를 많이 사용하고 구조의 상징적 미를 추구한 그룹이었다. 특히 창간호에 실린 요코미쓰 리이치(橫光利一)의 『머리 및 배(頭ならびに腹)』의 문장이 참신하고 감각적이어서 화제를 불러 모았다. 이들에 대해 평론가인 지바 가메오(千葉龜雄)가 「신감각파의 탄생」이라는 문예시평을 발표하여 신감각파라는 명칭이 생겨났다.

　이처럼 초기에는 『일륜(日輪)』, 『상해(上海)』, 『여수(旅愁)』 등의 작품을 쓴 요코미쓰 리이치를 핵심으로 하여 활동했다. 그는 이론에 있어서도 신감각파의 중심이었는데, 프롤레타리아 융성기였던 1928~1930년 사이에는 그들과 형식주의 논쟁을 벌이기도 하였다. 프로문학 진영에서는 내용이 형식을 정한다 했으며 요코미쓰는 형식 없이 내용이란 있을 수 없다고 주장했다.

　또한 기성작가들 중에서도 그들이 기교와 관능만을 중시한다고 비

가와바타 야스나리
(1899~1972)

요코미쓰 리이치
(1898~1947)

판하고, '지진문학'이라 야유했다. 간토 대지진은 단순히 건물이나 도로와 같은 물리적 파괴만을 가져온 것이 아니었다. 일본의 문화적 기반은 수도인 도쿄를 중심으로 형성되어 있었기에 도쿄의 파괴는 일본문화의 붕괴와 같은 위기상황을 초래했다. 신문사와 출판사, 인쇄소 등 문학의 기반 사업이 흔들리면서 자연히 기성문단은 침체기를 맞이하게 되었다.

　신감각파는 이렇게 파괴된 문학이 다시 구축되기 시작하던 때에 자신들의 목소리를 낼 수 있는 기회를 포착할 수 있었다. 구시대에 도전하고 기성문학을 부정하여 그들은 새로운 문학의 형성을 외쳤던 것이다. 그리고 한편 그들은 기성문단의 비난에 대응하면서 점차 자신들의 문학적 주장을 더욱 확고히 다져나갈 수 있었다. 요코미쓰 리이치 뿐만 아니라 창간멤버인 가와바타 야스나리(川端康成)가 후에 『설국(雪国)』으로 노벨 문학상을 수상하면서 세간의 관심이 가와바타 쪽으로 되었다. 가와바타는 섬세한 문체로 일본적 미의식을 추구한 인물로서 우리나라에서도 상당한 인지도가 있다. 『설국』 외에 『이

즈노오도리코(伊豆の踊子)』라는 작품도 유명한데, 이『이즈노오도
리코』에 의해 가와바타는 신감각파에 중요 작가로서 위치를 확립하
게 되었다.

2. 신흥예술파(新興藝術派)

신흥예술파는『신초샤(新潮社)』라는 출판사에 드나들던 작가들
을 중심으로 결성되었다. 반마르크스주의, 예술의 자율성 확보를 주
장하는 그룹이었다. 쇼와 문학의 양대 산맥인 신흥예술파와 프롤레
탈아 문학은 서로 반목하고 있었다고는 하나 시대의 요청에 부응하
는 새로운 문학을 확립하고자 하는 면에서는 동질적이었다. 따라서
이들의 협공을 받은 기성작가들은 어두운 침체기를 맞이할 수밖에
없었다.

대표적인 인물로는『산초어(山椒魚)』,『구로이아메(黒い雨)』
등의 작품을 쓴 이부세 마스지(井伏鱒二)와『레몬(レモン)』의 가
지이 모토지로(梶井基次郎),『가제타치누(風立ちぬ)』,『성가족
(聖家族)』의 호리 다쓰오(堀辰雄)가 있다. 그러나 신흥예술파는 그
리 오래 지속되지 못한다. 프롤레타리아 진영 이외의 젊고 유력한 인
물들을 총망라한 듯한 이들은 결국 예술 방법에서 독자성을 확립하
지 못한 채 의욕만을 내세우는 결과를 초래했다.

3. 신심리주의(新心理主義)

신심리주의는 원래 문학의 한 경향을 나타내는 말이다. '의식의 흐

름'이나 '내적 독백'이라는 수법에 의해 인간 존재의 원류를 찾으려
는 것이다.

　일본에서는 이토 세이(伊藤整)가 제창했는데, 신감각파나 신흥예
술파에 속하는 작가들이 이 신심리주의 수법을 쓴 작품을 내놓았다.
호리 다쓰오의 『가제타치누(風立ちぬ)』, 가와바타 야스나리의 『수
정환상(水晶幻想)』 등이 그것이다.

이토 세이 문학비, 오타루(小樽)시 소재

● ● 복습시간 ● ●

1. 프롤레타리아문학은 『씨 뿌리는 사람(種蒔く人)』, 『문예전선(文芸戦線)』, 『센키(戦旗)』라는 세 잡지가 중심이 되었다. 이중에서 반전과 피억압계층 해방의 기치를 내건 잡지는 무엇인가.

2. 『가니코센(蟹工船)』의 작가로 주로 노동운동과 혁명운동을 그리다가 일본 정부의 탄압에 의해서 숨진 사람은 누구인가.

3. 다음 중에서 프롤레타리아문학 작가가 아닌 인물을 고르시오.
   ① 미야모토 유리코(宮本百合子)
   ② 하야마 요시키(葉山嘉樹)
   ③ 도쿠나가 스나오(徳永直)
   ④ 요코미쓰 리이치(横光利一)

4. 신감각파 인물인 가와바타 야스나리(川端康成)는 섬세한 문체로 일본적 미의식을 추구했는데, 『이즈노 오도리코(伊豆の踊子)』와 함께 그의 대표작으로 꼽히는 작품으로 그에게 노벨 문학상이라는 타이틀을 안겨주기도 한 이 작품의 제목은 무엇인가.

● ●답변● ●

1. 『씨 뿌리는 사람(種蒔く人)』

2. 고바야시 다키지(小林多喜二)

3. ④번 요코미쓰 리이치(橫光利一)는 예술파, 그중에서도 신감각파의 핵심인
   물이다.

4. 『설국(雪国)』

다시 제2차 세계대전이 발발했다. 이때 일본은 한 발 물러서서 영리하게 이익을 챙기던 1차 대전 당시와는 달리 철저하게 가해자의 입장에서 동아시아에서의 전쟁을 주도했다. 결국에는 패전국의 멍에를 쓰게 되었지만… 역사 문제는 다들 잘 알고 있을 테니 그냥 접어두도록 하자.

전후문학

전후의 문학은 새롭게 정립되기 시작한 문예저널리즘에 의해 주도된다. 『신생』, 『전망』, 『근대문학』 등의 문예지가 속속 창간되었으며 『신조』, 『문예춘추』, 『중앙공론』, 『개조』 등의 복간도 이어졌다.

중요한 것은 전후 일본문학의 양상이다. 드디어 근대문학의 틀을 벗어나게 되었다고 해야 할까. 새로운 사상이 유입되고 그에 대한 반동이 일어난다든지, 문학이라는 화두에 대해 끊임없이 몰두하는 등의 모습은 더 이상 보이지 않게 되었다. 이제는 문학의 개념에 대해 생각하지 않아도 자연적으로 이해할 수 있게 된 것이다.

따라서 이후로는 집단의 문학보다도 개인의 다양성과 창조성을 존중하는 문학이 생겨났다고 생각하면 된다. 종전 직후 약간의 과도기를 거쳐 비로소 현대문학으로 탈바꿈한 것이다.

1. 무뢰파(신게사쿠파)

패전 후 일본 사회는 대혼란 상태에 빠졌다. 도무지 앞이 보이지 않는 암담한 상황에 대한 허탈감 내지는 불안감 때문이었다. 이러한 패전 직후의 상황에서, 일본 문단에서는 무뢰파(無賴派) 혹은 신게사쿠파(新戲作派)로 불리는 사람들이 활약하기 시작했다. 반속무뢰(反俗無賴)의 경향을 지니고 있다는 점이 특징이라고 할 수 있다. '반속무뢰'라는 말이 쉽게 와 닿지는 않을 텐데, 일반인과는 조금 다른 사고방식을 지닌 반항아 정도를 연상하면 될 것이다. 고독한 카리스마의 이미지를 지닌 다자이 오사무도 바로 이 무뢰파의 인물이다.

2. 비운의 열혈남아-다자이 오사무(太宰治)

다자이 오사무는 시가 나오야 부분에서 잠깐 다룬 적이 있는데, 감히 '소설의 신'에게 대들다 문단의 이단아가 되어 버렸다는 이야기였다. 그러나 비록 문단에서는 배척당했을지 몰라도 당시 일본의 젊은이들에게는 제임스 딘과 같은 존재였다. 한없이 자학적이고 음울한 분위기로 인간의 위선을 고발하는 그의 작품은 허무주의에 빠져있던 많은 젊은이들을 열광시켰다. 언제나 죽음을 가까이에 두고 살았던 그의 인생을 멋있다고 생각하는 사람들도 있을 것이다. 여러분도 마음속에 울분이나 불만을 지닌 상태에서 다자이의 작품을 읽는다면 그에게 끌리지 않을 수 없을 것이다.

다자이 오사무(1909~1948)

"태어나서 미안합니다"라는 것은 그가 남긴 말 중 하나이다. 서글픈 이 한 마디가 묘하게 가슴을 울리는 것은 나 혼자만일까.

대표작으로는 『만년(晩年)』, '서양족'이라는 유행어를 낳은 『사양(斜陽)』, 『인간실격(人間失格)』 등이 있다.

다자이 오사무 외의 무뢰파 인물로는 『백치(白痴)』의 사카구치 안고(坂口安吾)와 『메오토젠자이(夫婦善哉)』의 오다 사쿠노스케(織田作之助) 정도만 알아두면 될 듯하다.

도호쿠(東北)의 유복한 가정에서 자란 수재 오오바 요조는 자신감을 가지지 못하고 타인을 무서워하며, 자신의 본성이 들키지 않게 기죽어 지냈다.
도쿄에 와서는 술과 여자에 빠져 흥청망청 인생을 허비하며 경박한 생활에 빠져 버렸다.
결국 카페의 여급인 쓰미코와 함께 동반자살을 시도하지만

여자만 죽고 자신은 살아남았다. 그 후 요조는 스탠드바의 마담과 사귀면서 다시 술에 절어 살아간다.

담배 가게에서 일하는 순수한 요시코와 함께 살게 되지만, 남을 의심할 줄 몰랐던 요시코는 상인들에게 강간을 당하고 이에 괴로운 나머지 요조는 마약에까지 손대 중독자가 되었으며, 결국 정신병원에 갇히게 되었다.

나는…
인간으로서
실격이다.

『인간실격』

이 작품의 주인공은 곧 다자이의 자화상이라고 생각해도 좋다. 스스로를 인간 실격이라고 표현하는 것에서 특유의 자학적인 모습이 드러난다. 마음이 약한 사람에게는 별로 권하고 싶지 않은 책이다. 자신도 모르게 다자이의 음울한 분위기에 물들어서 무기력한 기분에 빠져버릴지도 모르기 때문이다.

3. 전후파 – 미시마 유키오(三島由紀夫)

다음으로 전후파(戦後派)가 있다. 주로 전쟁의 책임이나 주체성 문제를 다뤘던 인물들이다. 때문에 어느 정도는 정치적 성향을 지녔다고 볼 수 있을 것이다. 그러나 전후파라 해도 공통된 문학적 특성으로 묶기는 어렵다. 전쟁이 끝난 후 문단으로 복귀한 작가들을 중심으로 전쟁전과 달라진 자신을 찾으려는 경향의 작품들이 등장한 것이 특징

미시마 유키오 (1925~1970)

이라 할 수 있을 것이다. 그중에서도 가장 눈에 띄는 인물이 미시마 유키오(三島由紀夫)이다. 그는 자위대 기지에서 할복자살을 할 정도로 과격한 인물이었는데, 작품 곳곳에서 내셔널리즘적 색채를 강하게 느낄 수 있다.

※『금각사(金閣寺)』줄거리

말더듬이에 소극적인 성격을 지닌 나는 어렸을 적부터 금각사를 사랑했던 아버지에게 금각사 이야기를 많이 들었다. 그리고 아버지가 죽자 나는 금각사의 도제(徒弟)가 된다. 나는 주지 스님에게서 학비를 받으며 절의 잔일을 하게 된다.

전쟁이 일본의 패전으로 끝난 어느 날 외국인 병사와 창녀가 금각사를 구경하러 온다. 외국인 병사는 말다툼 끝에 여자를 쓰러뜨리고, 쓰러뜨린 여자를 짓밟으라는 명령에 나는 여자의 배를 짓밟으면서 부드러운 촉감에 쾌감마저 느낀다. 그로 인해 여자는 유산했다고 돈을 요구하지만 스님은 그 일을 불문에 붙인다.

대학 예과에 들어간 나는 어느 날 여자의 치마 속으로 손을 더듬다가 금각의 환영을 본다. 그때부터 무슨 일이 생길 때마다 금각의 환영이 보여 그를 방해한다. 친한 친구인 쓰루가와(鶴川)가 죽자 나는 더욱 고독해지고 그러던 중 주지 스님이 기생과 함께 걷는 것을 목격하게 된다. 그 일 이후 나는 스님에게서 미움을 산다.

절을 나온 나는 금각사를 불태우기로 결심하고 절로 돌아와 이를 실행에 옮긴다.

이 작품은 실제로 일어났던 금각사(金閣寺) 방화사건을 제재로 삼았다. 금각사의 아름다움에 매료된 주인공이 그 아름다움에 대한 복수심과 독점욕으로 불을 질러 버린다는 이야기이다. 작가의 유미적 작품관이 잘 나타나 있는 걸작이다.

『금각사』이외에,『가면의 고백(仮面の告白)』,『시오사이(潮騒)』도 미시마 유키오의 대표작들이니까 알아두도록 하자.

또 다른 전후파 인물로는 오오카 쇼헤이(大岡昇平)를 들 수 있다. 작가 자신의 전쟁참여 체험을 바탕으로 한 『포로기(俘虜記)』와 『노비(野火)』, 지적인 문체가 돋보이는 『무사시노 후진(武蔵野夫人)』 등의 작품이 있다.

4. 제3의 신인

'제3의 신인'이란 1955년경에 새롭게 등장한 작가들을 일컫는 말로 아쿠타가와상의 수상자나 후보자였다는 공통점을 지니고 있다.

한국전쟁의 발발로 경제적 특수를 누리던 일본이 안정기를 맞이하자 이에 걸맞게 새로운 작가들이 등장하게 되었다. 이들은 주로 사소설적인 수법으로 일상의 공허함을 그리는 작품을 썼다. 전후파 등이 전쟁 후의 혼란기라는 특수한 상황과 전쟁체험을 작품의 밑바탕으로 삼았던 것과 대조적이다.

사실 제3의 신인들부터는 거의 현대문학에 들어서 있다고 보는 것이 맞을 것이다.

5. 오, 신이시여!-엔도 슈사쿠(遠藤周作)

엔도 슈사쿠(遠藤周作)는 제33회 아쿠타가와상 수상작인 『하얀사람(白い人)』과 『침묵(沈黙)』 등의 작품을 썼다. 1996년에 사망했음에도 불구하고 여전히 많은 인기를 누리고 있는

엔도 슈사쿠 (1923~1996)

작가이다.

그는 크리스트교라는 일관된 테마로 여러 순문학 작품을 썼다. 대부분의 일본인들은 그의 이름만 들어도 크리스트교를 연상할 정도이다. 그러나 그의 작품을 단순히 크리스트교적인 것이라고 판단해서는 안 된다. 크리스트교가 아닌 사람들도 별 거부감 없이 그의 작품에 빠져드는 편이고, 오히려 크리스트교인들의 격렬한 비난을 받은 작품도 있기 때문이다.

그는 끊임없이 일본이라는 풍토와 크리스트교의 토착화 문제를 다루었으며 몸에 맞지 않는 양복과 같은 서양의 크리스트교를 일본인의 정서에 알맞은 모습으로 재단하려고 노력했다.

＊『침묵(沈黙)』줄거리

에도 시대 초 시마바라(島原)의 난 이후, 막부의 기독교 탄압은 한층 더 심해진다. 그러던 중 페레이라 신부가 배교를 했다는 소식이 로마교회에 전해지고 일찍이 그의 교육을 받았던 로드리고는 믿을 수 없어 진상을 알기 위해 가르페와 함께 일본에 온다.

두 사제가 잠복해 있던 마을이 습격을 받게 되어 둘은 서로 다른 행동을 하게 되는데 결국 두 사람 다 붙잡히고 만다. 탄압자들은 두 사제가 배교하지 않으면 신도를 고문하겠다고 한다. 가르페는 괴로워하는 신도들을 따라 스스로 바다에 들어가 죽는다. 그리고 로드리고에게는 일찍이 배교를 한 페레이라가 설득을 하러 온다.

로드리고는 순교자의 고통의 소리가 끊임없이 울려 퍼지는데도 침묵을 하고 있는 신을 원망하면서 예수님의 초상화가 그려진 그림을 밟는다. 그때 그 초상 안의 신의 슬픈 눈이 그에게 말을 한다. 「밟아도 된다. 나는 그 아픔과 고통을 같이 나누기 위해 있는 것이니」라고.

이 작품은 1966년도의 다니자키 준이치로상(谷崎潤一郞賞) 수상작이다. 엔도 슈사쿠의 작품 중 단연 압권이라고 할 수 있다. 가장 대중적인 인기를 모은 베스트셀러로 영화화되기도 했다.

나가사키(長崎)에 있는
엔도 슈사쿠 기념관

신의 존재에 대한 의구심이나 배교(背敎)에의 유혹 등, 종교를 가진 이라면 한 번쯤 품어봤음직한 문제들… 결국 그것은 "왜 신은 자신을 믿고 있는 약자의 고통에 침묵하는가"라는 물음으로 압축될 수 있다. 이 물음에 대한 답을 찾는다면 '믿음'을 둘러싼 크리스트교 신앙의 근원적인 갈등이 해결될 수 있을 것이기 때문이다. 그런데 사실 이 작품은 단순히 '신의 침묵'에 대한 것만을 다루고 있는 것은 아니라고 한다. 엔도 슈사쿠는 약자의 고통을 묵살하는 '역사의 침묵'에 대해서도 이의제기를 하고 있다는 것이다.

좀 어려운 내용이 될 수도 있겠지만, 많이 생각하고 음미할 수 있는 작품을 원한다면 이 책을 권하고 싶다. 책을 읽고 난 뒤의 여운이 상당한 편이라서 왠지 한 번 읽는 것만으로는 부족한 느낌이 들 정도이다.

『나쁜 친구(悪い仲間)』와 『음침한 즐거움(陰気な愉しみ)』으로 제29회 아쿠타가와상을 수상한 야스오카 쇼타로(安岡章太郞)와,

『투우(鬪牛)』로 제22회 아쿠타가와상을 수상한 이노우에 야스시(井上靖)도 제3의 신인으로 불리고 있다. 이노우에 야스시의『빙벽(氷壁)』과『돈황(敦煌)』이라는 작품도 유명하다.

현대문학

사실 전후문학과 현대문학은 구분하기가 조금 애매하다. 제3의 신인으로 불리는 이들만 해도 현존하는 인물들이 많다. 따라서 전후문학과 현대문학을 딱딱하게 구분해서 생각하기보다는 전후문학이라는 과도기를 거쳐서 지금의 현대문학이 생겨났다고 보는 것이 좋을 것이다.

'제3의 신인' 이후, 즉 1950~60년대의 일본문학은 이시하라 신타로(石原慎太郎)와 오에 겐자부로(大江健三郎)의 시대라고 봐도 무방할 정도이다. 따라서 이 두 사람에 대해서만은 확실하게 알아두는 게 좋을 듯하다.

1. 나쁜 남자, 여자에겐 공공의 적(?)—이시하라 신타로(石原慎太郎)

이시하라 신타로는 우리나라 신문이나 뉴스에서도 가끔 등장하는 인물이다. 지난 도쿄 도지사 선거에서 압도적인 표차로 재선에 성공한 인물이 바로 이 이시하라 신타로이다.

그러나 단순히 그가 소설가 출신의 정치가라는 이유로 우리나라 언론에서 관심을 보이는 것은 아니다. 그보다는 그의 정치적 행보가 우리에게 상당히 위협적으로 느껴지기 때문이라고 볼 수 있다.

종군위안부의 존재를 부정하거나 우리나라를 비롯한 아시아인들을 '3국인(三國人)'이라는 차별적 언어로 지칭한 사건만 봐도 대강 짐작되지 않는가? 그는 이제 작가가 아닌 일본의 대표적 보수우익세력으로 이름을 떨치고 있는 것이다.

이처럼 정치적인 면에서는 매우 보수적인 감각을 지닌 그이지만, 문학적인 면에서는 파격과 혁신의 이미지가 강하다. 당시로서는 매우 충격적인 내용의 작품을 내놓으면서 기성세력을 불편하게 만들었던 경력이 있기 때문이다.

『태양의 계절(太陽の季節)』은 그의 문단 데뷔작인 동시에 대표작이다. 제34회 아쿠타가와상을 수상했지만, 작품성에 대해서는 당시 문단에서도 찬반양론이 격렬하게 대립했다. 사회적으로도 이슈가 되어 '태양족(太陽族)'이라는 신조어를 만들어내기도 했다. 전쟁의 그늘에서 벗어나 소비 지향적이고 자유분방한 삶을 즐기던, 그러나 그 이면을 들여다보면 아무런 꿈도 없이 무료한 일상을 보낼 뿐이었던 당시의 젊은이들을 가리키는 말이다.

무라카미 류(村上龍)나 무라카미 하루키(村上春樹)의 작품을 이미 접한 사람이라면 무난하게 읽을 수 있겠지만, 당시에는 그 내용의 비윤리·비도덕성에 많은 사람들이 충격을 받았다.

특히 여성에게는 매우 불쾌하고 저급하게 보일 수 있는 작품이다. "문명이 가져온 것 중 가장 유해한 것은 할머니"라든지 "여성이 생식 능력을 잃고도 살아가는 것은 의미 없는 일"이라는 식의 발언을 서슴지 않고 했던 그의 평소 여성관을 배제한다 하더라도 말이다.

쓰가와 다쓰야(津川龍哉)는 권투부의 학생이다. 여자와 놀아도 사랑하지는 않았는데, 권투부 회원들과 함께 거리에서 알게 된 에이코(英子)는 달랐다. 다쓰야는 에이코에게 처음으로 사랑을 고백하지만, 에이코는 3년 전 사랑하는 사람을 자동차 사고로 잃고는 그 후 자포자기 속에서 여러 남자들과 사귀어 왔다.

결국 에이코도 다쓰야를 사랑하게 되지만 다쓰야는 그것이 번거롭고 귀찮아진다. 그러던 어느 날 형의 권유로 여대생들과 놀러가게 되고 에이코는 형에게 유혹당해 관계를 맺게 된다. 다쓰야는 5천 엔에 에이코를 형에게 판다.

그 사실을 안 에이코는 다쓰야가 자신을 받아들일 때까지 돈을 내겠다고 하고 돈을 보내는데, 그 액수가 2만 엔이 되었을 때 다쓰야는 감동을 받는다.

에이코는 다쓰야의 아이를 임신하지만 그는 그녀를 입원시킨다. 아이를 지운 후 그녀는 복막염으로 죽고, 장례식 날 다쓰야는 눈물을 흘리며 진정으로 그녀를 사랑했음을 깨닫는다.

작품 속 에이코(英子)는 남자 주인공의 무료한 일상에 희로애락의 자극을 전달해 주는 도구적 존재로밖에 보이지 않는다. 구제불능의 나쁜 남자에게 농락당하면서도 끝까지 순종적인 모습을 잃지 않는다. 혹시 에이코가 작가의 이상적인 여성상은 아닐까 하는 생각에 섬뜩한 느낌마저 든다.

『태양의 계절』은 최근까지 영화, 드라마로 리메이크될 정도이니 여전히 잊혀지지 않고 있는 작품임에는 틀림없다. 만약 참을 수 없이 무료한 일상에 폭발하기 일보직전인 사람이 있다면 이 책을 권하겠다. 단, 이 책이 약이 될지 독이 될지는 장담할 수 없다.

2. 양심 있는 문학자, 혹은 위선자—오에 겐자부로(大江健三郎)

오에 겐자부로(1935~   )

오에 겐자부로는 1994년에 노벨문학상을 받았을 뿐만 아니라, 원래 그 전부터 다수의 국내외 수상경력을 지니고 있는 인물이다. 그만큼 그의 작품과 작품세계가 범세계적으로 인정받는다는 이야기일 것이다.

우선 그의 작품세계에 커다란 영향을 미친 두 사건을 언급하고 싶다. 지적 장애를 지니고 태어난 장남 오에 히카리(大江光)로 인하여 장애아에 대한 애정과 관심을 갖게 된 것과, 히로시마 방문을 계기로 반핵운동에 적극적으로 참여하게 된 것이 그것이다. 장애아를 둔 한아버지의 고민과 갈등을 그린 『개인적인 체험(個人的な体験)』, 반핵·비핵의 정신이 담긴 『히로시마 노트(ヒロシマ・ノート)』를 보면 그의 이러한 경험과 사상을 볼 수 있다.

또한 그는 노벨문학상 수상소감 연설에서 과거 일본의 침략행위를 비난하는 모습을 보인다. 한국 방문 당시에도 이 문제에 대해 사죄의 뜻을 밝힌 적이 있다. 게다가 일본 정부의 훈장과 천황의 상금수여를 거부하기도 했는데, 이로 인해 우익세력의 강력한 비난을 받았다. 왠지 이시하라 신타로와 비교되는 부분이다.

대표작으로는 제39회 아쿠타가와상 수상작인『사육(飼育)』과 그에게 노벨문학상 수상의 영광을 안겨 준『만연원년의 풋볼(万延元年のフットボール)』이 있다.

＊『만연원년의 풋볼(万延元年のフットボール)』줄거리

주인공 미쓰사부로(蜜三郎)에게는 뇌장애로 입원해 있는 아이와 알코올 중독자인 아내가 있다. 그는 방랑생활을 하던 동생 다카시(鷹四)가 미국에서 돌아온 것을 계기로 새로운 삶을 얻기 위해 산골짜기 고향 마을로 돌아간다. 십수 년 만에 찾은 고향은 슈퍼마켓의 천황이라 불리는 조선인이 활보하는 곳이 되어 있었다.

동생은 젊은이들을 모아 풋볼팀을 만들고 마을 주민들을 선동해 슈퍼마켓을 공격한다. 또한 마을 처녀를 강간하려다가 살해하게 되고 지적장애자였던 동생을 임신시켜 자살하게 했다는 사실을 고백한 후 자신도 자살해 버린다.

다카시의 아이를 임신하고 있던 미쓰사부로의 아내는 뇌장애로 입원해 있는 아이를 데려와 넷이서 새로운 생활을 시작하고 싶다고 미쓰사부로에게 말한다.

누군가는 이 작품을 "인간으로서는 최저의 녀석이 낳은 최고의 작품"이라고 했다. 오에 겐자부로를 '최저'라고 표현한 것에 놀란 이들도 있을 것이다. 이러한 평은 그의 노벨문학상 수상을 정치 공작에 의한 것으로 본다거나, 문화훈장 거부 사건을 일종의 쇼라고 생각하는 일본인들이 있기 때문에 나왔다. 그 외 몇 가지 이유로 그를 위선자라고 비난하는 사람들이 있는데, 중요한 점은 그러한 안티세력도

인정하는 작품이 바로 이『만연원년의 풋볼』이라는 것이다.

그의 작품이 갖는 이미지 그대로 난해한 내용이지만, 이야기의 전편에 흐르는 묘한 긴장감이 매력적인 작품이다. 작가가 평생 가슴에 품고 있던 테마가 모두 녹아있는 작품이기도 하다. 단, 노벨문학상이라는 타이틀 때문에 이 작품을 읽어보겠다는 생각은 하지 않는 것이 좋을 것이다. 작품의 윤곽이 확실해질 때까지 읽을 수 있는 인내와 끈기를 가진 사람만이 도전하라는 뜻이다. 사실 인공적이고 건조한 문체가 매력적이던 초기 작품이 대중적인 인기는 더 많다.

3. 최근 현대 작가들

이제 우리나라에서 가장 많은 인기를 누리고 있는 일본의 문학 작가들 차례이다. 작품을 직접 읽어보지는 않았더라도 이름 정도는 알 것이다. 무라카미 류와 무라카미 하루키라는 이름이 생소한 사람은 없을 거라 생각한다.

이 부분은 매우 간단하게 정리할 생각이다. 어차피 이들은 완벽한 현대 작가들인데다가, 마음만 먹는다면 우리나라에서도 원하는 자료를 쉽게 찾을 수 있을 테니까 말이다. 그리고 무엇보다 가장 큰 이유는 아직까지도 크고 작은 변화를 거듭하면서 다듬어지고 있는 그들의 작품 세계를 미리 정의 내려서는 안 된다고 생각하기 때문이다.

① 무라카미 류(村上 龍) vs 무라카미 하루키(村上春樹)

혹시『상실의 시대(노르웨이의 숲 : ノルウェイの森)』와『한없이 투명에 가까운 블루(限りなく透明に近いブルー)』의 작가가 누구인지 궁금했던 적은 없었는가?

　무라카미 류나 하루키를 좋아하는 매니아들에게는 우스운 질문일
수도 있겠지만, 아마 이 글을 읽고 있는 지금도 어느 쪽이 류이고, 어
느 쪽이 하루키의 작품인지 헷갈려 하는 사람이 있으리라고 생각한
다. 두 사람 모두 성이 '무라카미'인데다가, 가장 폭넓은 팬 층을 거
느리고 있는 동세대 최고 인기작가라는 공통점을 지니고 있기 때문
이다.

　왠지 혼동되는 두 사람이지만 작품 스타일이나 활동 면에서는 대
조적인 모습을 보인다. 류가 조금은 거친 방법으로 세상에 대한 '적
의'를 표현하는 것에 비해, 하루키는 냉정하다고 느껴질 정도로 담담
하게 풀어가는 편이다. 때문에 파격과 첨단을 달리는 것은 무라카미
류이지만, 보편적인 '이야기'의 우월성을 생각한다면 후대에까지 공
감을 얻을 수 있는 것은 하루키 쪽이라고 생각한다.

무라카미 류(1952~ 　)　　　　　무라카미 하루키(1949~ 　)

＊『한없이 투명에 가까운 블루(限りなく透明に近いブルー)』줄거리

　　주인공 류는 미군의 비행기 소리가 들리는 기지 근처의 아파트에서 릴리와 동거하고 있다. 친구들, 그리고 미군 병사들과 함께 마약, 섹스, 폭력, 술에 탐닉하면서 하루하루를 보내고 있다. 류는 그러한 생활 속에서 자신의 정체성에 대해 고민하게 된다. 그는 어느 날 정신분열에 가까운 착란상태에서 자신의 팔에 유리 파편을 찌른다. 그리고 피를 흘리며 달리다가 새벽에 풀밭에서 깨어난다. 그때 가장자리에 피가 묻어 있는 유리조각을 본다. 그것은 한없이 투명에 가까운 블루이다. 그리고 자신도 그 유리처럼 되고 싶다고 생각한다.

　　이 작품은 무라카미 류의 데뷔작으로 제19회 군조신인문학상(群像新人文學賞)과 제75회 아쿠타가와상을 수상했다. 다소 충격적인 내용 때문인지 작품을 읽으면 육체적·정신적인 피로를 동시에 느낀다는 사람들이 많다. 불쾌하고 혐오스러운 내용이라고 혹평을 하기도 한다. 물론 그 적나라하고 과격한 표현 때문에 이 작품을 좋아한다는 사람도 있다. 여러분도 직접 읽고 판단해 보길 바란다.

　　단, 이 작품이 19세 미만 구독불가라는 사실만으로 선택한 사람과 제목을 보니 왠지 깨끗하고 순수한 작품일 것이라고 판단해서 선택한 사람은 결코 만족스러운 결과를 얻지 못할 것이라고 확신한다.

＊『상실의 시대(노르웨이의 숲 : ノルウェイの森)』줄거리

　　함부르크 공항의 기내에서 들은 비틀즈의 '노르웨이의 숲'. 37세가 된 주인공 나는 이 멜로디를 듣고 언제나처럼 혼란에 빠져 19살 때의 자신을 회상한다.

　　나는 고베에서 상경하여 사립대학 연극과에 들어간 19세의 대학생이다.

나는 자살한 친구의 애인이었던 나오코(直子)와 사랑에 빠진다. 그리고 단 한 번의 육체관계를 맺게 되지만, 나와 나오코는 자살한 친구에 대한 어두운 기억을 떨치지 못한다. 나오코는 그 뒤 마음의 병을 얻어 요양소로 들어갔다가 자살하고 만다.

한편 나는 같은 강의를 들으며 알게 된 미도리(綠)라는 여학생과도 교제하게 된다. 미도리와 친해지면서 나오코와는 다른 연애감정을 느낀다. 나오코가 자살한 뒤 방황하던 나는 자신이 미도리를 원하고 있다고 확신하지만 미도리에게 전화를 하는 중 이미 자신의 위치를 잃어버리고 있던 것이다.

『상실의 시대』와 『노르웨이의 숲』이 전혀 다른 작품이라고 생각하는 사람이 있을 것도 같아서 한마디 덧붙인다. 원제는 『노르웨이의 숲』인데, 우리나라에서는 『상실의 시대』라는 제목으로 출간된 것뿐이다. 조금 더 그의 작품에 관심을 가지게 되면, 한 작품에 다른 두 책의 제목이 모두 붙을 수 있는 관계를 알아챌 수 있을 것이다.

일본은 물론 우리나라에서도 공전의 베스트셀러가 된 작품으로, 특히 20대 독자층의 공감을 얻고 있다. 이는 하루키의 성공의 열쇠라고도 말할 수 있다. 그의 소설은 신세대의 감각에 밀착되어 있어 젊은층의 독자가 많다. 이 소설의 주인공이 자신들과 비슷한 또래라는 동질감 때문인지 마치 자신의 경험을 얘기하는 것 같다는 사람도 많다. 무언가를 잃어버리고 있음에 외로움을 느끼는 사람이 읽으면 좋을 듯한 책이다.

Norwegian Wood

Beatles

I once had a girl, Or should I say,

She once had me. She showed me her room,

Isn't it good? Norwegian wood.

She asked me to stay and told me to sit anywhere.

So I looked around and I noticed there wasn't a chair.

I sat on a rug, Biding my time,

Drinking her wine. We talked untill two,

And then she said, "It's time for bed".

She told me she worked in the morning and started to laugh,

I told her I didn't and crawled of to sleep in the bath.

And when I awoke,

I was alone, This bird had flown,

So I lit a fire, Isn't it good?

Norwegian wood.

소설 "노르웨이의 숲"에는 비틀즈가 부른 이 노래를 듣는 장면이 나온다. 한 시대 젊은 문화를 대변하는 기수로 문화적, 사회적으로 큰 영향을 끼친 비틀즈를, 그들의 전성기에 젊은 시절을 지나온 하루키는 어떤 느낌으로 받아들이고 있을까. 소설과 노래의 분위기를 비교해보자. 노르웨이의 어느 침엽수 울창한 숲 속, 하늘 한편에 겨우 빛이 드는 그 신비의 세계와도 언뜻 닮은 이미지를 그려볼 수 있을 것이다.

② 요시모토 바나나(吉本ばなな)

요시모토 바나나는 1987년 발표한 『키친』이 베스트셀러를 기록하고, 이듬해에는 제6회 카이엔(海燕)신인문학상과 제16회 이즈미교

카(泉鏡花)상을 수상하면서 화려하게 등단하였다. 그녀의 본명은
요시모토 마호코(吉本真秀子).

자신이 좋아하는 열대지역에서 피는 빨간 바나나 꽃에 착안하여
국제적 감각을 지향하기 위해 바나나란 성별 불명, 국적 불명의 필명
을 생각해냈다고 한다. 이런 의도대로 그녀의 작품은 전 세계 20여
개 국에서 번역 출판되고 있다.

젊은 여성들의 일상적인 언어와 문체, 소녀 취향의 만화처럼 친밀
감 있는 표현으로 특히 젊은 여성들에게 공감을 받으면서 '하루키 현
상'에 버금가는 '바나나 현상'을 낳았을 정도로 폭발적 인기를 누렸
다. 한국에서도『키친』이 발표되어 가장 인기 있는 일본여성작가의
반열에 올랐다.

그녀의 아버지는 비평가이며 시인인 요시모토 다카아키(吉本隆明),
언니는 만화가인 하루노 요이코(ハルノ宵子), 어머니도 하이쿠 가인
으로 활동하고 있다. 이런 환경 속에서 그녀는 자연스럽게 작가의 길
을 걷게 되지 않았나 생각한다.

바나나가 소녀 만화의 영향을 받으며 성장했다고는 하나 그녀의
작품을 그저 소녀취향의 가벼운 글이라고 치부할 수 없다. 그녀의 작
품 속에는 '가까운 사람의 죽음'이 상실의 상징처럼 그림자를 드리우
고 있는 경우가 많으며, 상처의 치유와 가족의 재편, 그리고 인간적
유대를 그려낸다. 삶과 죽음, 현실과 초현실, 그리고 동성애, 성전환
등 일반적인 것과 이질적인 것이 서로 다른 고유의 영역과 가치를 지
닌 채 포용되고 있다. 인간의 일상적인 삶에 대한 진지한 관찰과 애
정이 있기에 가능한 일일 것이다.

'우리 삶에 조금이라도 구원이 되어준다면, 그것이 바로 가장 좋은 문학'이라고 말하는 요시모토 바나나의 작품은 그렇기 때문에 많은 사람들의 공감을 얻고 열렬한 지지층을 형성할 수 있지 않았을까.

＊『키친(キッチン)』의 줄거리

　대학생인 미카게(みかげ)는 함께 살던 할머니를 떠나보낸 후 홀로 남겨지게 된다. 그런 미카게를 할머니와 친하게 지내던 유이치(雄一)가 찾아와 자신과 모친이 살고 있는 아파트에서 함께 살자고 제의한다. 미카게는 그의 집을 방문한 후 키친에 매료된다. 유이치의 아름다운 모친은 사실 원래 그의 아버지로 성전환자였다. 이렇게 세 사람이 동거생활을 하면서 미카게는 점차 상실감을 극복하고 홀로설 수 있는 희망을 갖게 된다.

---

③ 오쿠다 히데오(奥田英朗)

　1959년 일본 기후(岐阜) 현에서 태어났다. 기획자, 잡지 편집자, 카피라이터, 구성작가 등으로 일하다가 1997년 소설『우랑바나의 숲(ウランバーナの森)』으로 데뷔했다. 2002년 『인더풀(イン・ザ・プ・ル)』로 나오키상 후보에 올랐으며, 2004년에『공중그네(空中ブランコ)』로 제131회 나오키상(直木賞)을 수상했다. 그의 작품은 쉽고 간결한 문체와 독특한 캐릭터가 매력적이며, 재미있게 읽히는 유머스러운 이야기 속에 그냥 지나쳐버릴 수 없는 메시지를 담고 있다.

　이처럼 가볍게 읽을 수 있으면서도 깊이가 있는 그의 소설에 한국의 독자들도 매료되어『공중그네』는 베스트셀러를 기록하고 있다. 일본에서도 현재 가장 주목받는 작가의 한 사람으로 확고한 위치를 차지하고 있다.

※『공중그네(空中ブランコ)』

　정신과의사, 이라부(伊良部)를 찾아오는 가지각색 환자들의 이야기.

　공중그네에서 자꾸만 떨어지는 서커스단원, 뾰족한 물건이 무서운 야쿠자, 장인의 가발을 벗기고 싶은 충동에 사로잡힌 의사, 공을 던질 수 없게 된 프로야구선수, 글을 쓰려하면 강박관념에 사로잡히는 여류작가.

　이라부는 자신만의 독특한 방법으로 이들이 자신의 내면에 존재하는 두려움을 직시하게 만든다. 그리고 환자들은 스스로 이 두려움에서 빠져나오게 된다.

　우리 역시 이 아이처럼 천진난만하고 엉뚱한, 큰 몸집의 이라부를 만나 통쾌하게 웃는 사이에 마음 속 불안과 스트레스를 모두 날려버릴 수 있지 않을까.

④ 에쿠니 가오리(江國香織)

　처음에는 아동문학잡지에 투고하여 상을 받는 등 동화작가로 출발했다. 지금은 주로 성인 대상의 소설이나 에세이를 집필하여 그 신선하고 세련된 감각과 아름다운 문장으로 젊은 여성들의 지지를 얻으며 인기 작가가 되었다. 『반짝반짝 빛나는』(1992)으로 무라사키시키부 문학상을 수상하는 등 활발한 작품 활동을 통해 독특한 매력이 넘치는 작품을 다수 남기고 있다. 『냉정과 열정사이, Rosso』는 쓰지 히토나리(辻仁成)와 공동 집필한 작품으로『냉정과 열정사이, Blu』와 한 셋트로 구성되어 있다. 각각 남녀 주인공의 시선으로 나누어 릴레이하듯이 집필되었는데, 에쿠니는 2년여에 걸쳐 실제로 연애하는 마음으로 써 내려갔다고 한다. 이 작품은 영화로 만들어져 성공을 거두었으며 한국에서도 상영되어 소설과 함께 인기를 끌었다. 그 외에도

『호텔선인장』, 『낙하하는 저녁』, 『울 준비는 되어 있다』, 『당신의 주말은 몇 개입니까』, 『도쿄타워』 등 그녀의 많은 작품이 번역되어 한국 독자들을 사로잡고 있다. 에쿠니 가오리는 요시모토 바나나, 야마다 에이미(山田詠美)와 함께 일본의 3대 여류작가로 불리며 여자 무라카미 하루키라는 명성을 얻고 있다.

＊『반짝반짝 빛나는(きらきらひかる)』

자신의 정신병이 정상적인 영역을 벗어나지 않을 거라는 진단서를 갖고 결혼한 알콜중독자 쇼코(笑子), 에이즈에 걸리지 않았다는 또 다른 진단서의 주인공인 호모남편 무쓰키(睦月), 그리고 그의 애인인 곤 이렇게 세 사람이 엮어가는 결코 평범하지 않은 이야기이다. 무쓰키의 부모는 아들이 호모라는 것을 알고도 결혼을 허락했으며, 쇼코 측에서는 알콜중독으로 불안하게 살아가는 딸이 결혼하면 좋아질 거라는 기대를 품고 있었다. 물론 사위가 될 무쓰키가 호모라는 사실은 모른 채.

작가는 후기에서 아주 기본적인 연애소설을 쓰려고 했다고 말한다. 인간은 모두 천애고독한 존재라며. 누군가를 좋아하고 느끼게 된다는 것은 고독과 동의어인지도 모르겠다. 에쿠니는 솔직히 사랑한다거나 서로 믿는다는 것은 무모한 일이며 만용이라고 말한다. 그러나 그래도 사람은 사랑에 빠지고 만다. 그런 무모한 사람들이 이 이책을 읽었으면 하는 바람을 담고 있다.

쇼코는 호모인 남편을 진정으로 좋아하게 되면서 생애 처음으로 지키고 싶은 것을 갖게 되었다. 바로 자신들의 결혼생활인 그것이다. 그 누구에게도 이해받을 수 없는 그들의 사랑과 삶이 어떻게 흘러가게 되는지, 그리고 그 속에서 반짝반짝 빛나는 무엇인가를 찾을 수 있을지 관심을 갖고 책장을 넘기게 된다.

1. 일본문학은 전후에야 비로소 근대문학의 틀에서 벗어나게 되어, 집단의 문학보다도 개인의 다양성과 창조성을 존중하는 문학이 생겨났다. (OX 문제입니다. 만약 X라고 생각하시면 그 이유도 함께 말해주세요)

2. 다음 중 다자이 오사무(太宰治)의 작품이 아닌 것을 고르시오.
   ① 『만년(晩年)』　　　　② 『백치(白痴)』
   ③ 『석양(斜陽)』　　　　④ 『인간실격(人間失格)』

3. 엔도 슈사쿠(遠藤周作)의 작품 중 가장 대중적인 인기를 모은 베스트셀러로, 신의 존재에 대한 의구심이나 배교(背教)에의 유혹 등, 종교를 가진 이라면 한 번쯤 품어봤음직한 문제들을 다루고 있는 작품의 제목은 무엇인가.

4. 이시하라 신타로(石原愼太郞)의 데뷔소설로, 「태양족(太陽族)」이라는 신조어를 만들어낼 정도로 사회적인 이슈가 된 작품은 무엇인가.

5. 이시하라 신타로(石原愼太郞)와 함께 1950~60년대의 일본문단을 장악한 인물로, 『만연원년의 풋볼(万延元年のフットボール)』이라는 작품으로 노벨문학상을 수상하기도 한 이 사람은 누구인가.

6. 『상실의 시대(원제 노르웨이의 숲 : ノルウェイの森)』와 『한없이 투명에 가까운 블루(限りなく透明に近いブルー)』, 각각의 작품을 쓴 작가의 이름을 순서대로 말해보자.

1. O

2. ②번 『백치(白痴)』는 또 다른 무뢰파 인물인 사카구치 안고(坂口安吾)의 작품이죠.

3. 『침묵(沈黙)』

4. 『태양의 계절(太陽の季節)』

5. 오에 겐자부로(大江健三朗)

6. 『상실의 시대(노르웨이의 숲 : ノルウェイの森)』는 무라카미 하루키(村上春樹), 『한없이 투명에 가까운 블루(限りなく透明に近いブルー)』는 무라카미 류(村上龍)의 작품이다.

운문문학 (시 · 단카 · 하이쿠)

이제부터는 근대 일본의 운문문학에 대해서도 간단하게 정리하는 시간을 갖도록 하자. 구체적으로 말하자면 근 · 현대 일본의 운문문학을 지탱하고 있는 단카와 하이쿠(俳句), 그리고 시(詩)를 말하는 것이다. 단카나 하이쿠의 경우는 일본 고유의 것이기 때문에 다소 생소하게 느껴질 수도 있을 것이다.

시(詩)

일본의 모든 근대화가 그러했듯이 시 역시 서양의 시형(詩型)과 시법(詩法)에 영향을 받았다. 전통적인 와카(和歌)나 한시(漢詩) 등이 아닌, 자유로운 형식과 평이한 언어로 새로운 사상과 감정을 표현한 시가 나타난 것이다. 이는 바로 '근대시'가 태어났음을 의미하는 것이다.

1. 메이지 시대

① 신체시(번역시)

일본 근대시의 초기는 서양의 시를 번역하여 소개하는 정도였다. 서양시의 새로운 형식과 사상을 받아들인 문어정형시(文語定型詩)의 형태를 하고 있었기 때문에 '신체시'라고 한다. 그 출발은 1882년에 간행된 『신체시쇼(新体詩抄)』이다. 도야마 마사카즈(外山正一) 등이 5편의 창작시와 14편의 번역시를 엮어서 낸 시집이다.

신체시의 예술적 완성도 면에서 본다면 모리 오가이 등이 펴낸 『오모카게(於母影)』를 기억해 두는 것이 좋겠다. 괴테나 바이런 등의 시 17편이 담겨져 있다. 계몽적인 성격이 강했던 『신체시쇼』와는 달리 '신체시'를 예술로서 각인시키는 계기가 되었다.

② 낭만시

번역시의 소개로 신체시에 대해 어느 정도 감을 잡은 이후에는 낭만주의의 영향을 받은 낭만시가 생겨났다. 이 낭만시는 주로 『문학계』의 동인들이 중심이 되었다. 대표적인 인물로는 『소슈노시(楚囚之詩)』, 『봉래곡(蓬莱曲)』의 기타무라 도코쿠와 『천지유정(天地有情)』의 쓰치이 반스이(土井晩翠), 그리고 『와카나슈(若菜

『와카나슈』

集)』の 시마자키 도손이 있다. 특히 1897년 간행된 시마자키 도손의 첫 시집 『와카나슈』는 일본의 근대시를 확립시킨 기념비적 작품으로 평가받고 있다.

初戀 (첫사랑)

島崎藤村 (시마자키 도손)

まだあげ初めし前髪の
林檎のもとに見えしとき
前にさしたる花櫛の
花ある君と思ひけり

やさしく白き手をのべて
林檎をわれにあたへしは
薄紅の秋の實に
人こひ初めしはじめなり

わがこころなきためいきの
その髪の毛にかかるとき
たのしき戀の盃を
君が情に酌みしかな

林檎畑の樹の下に
おのづからなる細道は
誰が踏みそめしかたみぞと

問ひたまうこそこひしけれ

갓 땋아 올린 앞머리가
사과나무 밑에 보였을 때
앞머리에 꽂은 꽃빗에
꽃처럼 아름다운 그대라고 여겼습니다

상냥하게 하얀 손을 내밀어
사과를 나에게 건네주신 것은
연분홍의 가을 열매로
처음으로 그리움을 배웠습니다

나의 무심코 내쉬는 한숨이
그대의 머리카락에 닿았을 때
충만한 사랑의 술잔을
그대의 정으로 기울였습니다

사과밭 나무 아래에
자연스레 생긴 오솔길은
누가 밟아서 다진 추억인지
물을수록 오히려 그리워집니다

『와카나슈(若菜集)』에서…

위 시는 소녀와의 만남, 첫사랑의 확인, 사랑에 빠짐, 그리고 사랑
의 성숙과 회상을 그리고 있다. 근대시의 대표적 작품으로 널리 애송
되고 있다.

③ 상징시

낭만시 다음으로는 상
징시가 유행했다. 이 상
징시라는 개념이 일본에
정착하게 된 것은 우에다
빈(上田敏)의 번역시집
『해조음(海潮音)』에
의해서이다. 이 시집은
유럽의 고답파와 상징파

우에다 빈 시집

를 소개하여 일본 근대시에 큰 영향을 주었다. 상징시는 이후 『슌쵸슈
(春鳥集)』의 간바라 아리아케(蒲原有明), 『하쿠요큐(白洋宮)』의
스스키다 규킨(薄田泣菫)에 의해서 하나의 완성을 이룬다.

2. 다이쇼 시대

다이쇼 시대에 들어서면서 음률의 제약에 구애받지 않고 자유로운
리듬으로 시인의 내적인 감정의 움직임을 표현하는 자유시가 나타났
다. 처음에는 문어자유시(文語自由詩)의 형태였지만 곧 구어자유시
(口語自由詩)의 시대가 도래했다.

사실 이 시기의 시를 구분하는 것은 몹시 까다로운 편인데, 여기서
는 다이쇼 시대에 활약하던 세 개의 반자연주의 세력을 중심으로 나
눠 보도록 하겠다.

① 탐미파

▲『スバル』創刊号表紙
『스바루』창간호 표지

탐미파는 시가(詩歌)잡지인『묘죠(明星)』출신의 몇몇 동인작가들이 만든『스바루』가 중심이 되었다. 탐미파 잡지인 만큼 고답적이고 탐미적인 시가 주로 발표되었다. 대표적인 인물은 시집『사종문(邪宗門)』을 발표한 기타하라 하쿠슈(北原白秋)로, 탐미적 상징시의 흐름을 갖고 있는 시인이다.

薔薇二曲(장미 두 곡)

北原白秋(기타하라 하쿠슈)

一
薔薇ノ木ニ
薔薇ノ花サク.
ナニゴトノ不思議ナケレド.

二
薔薇ノ花.
ナニゴトノ不思議ナケレド.
照リ極マレバ木ヨリコボルル.
光リコボルル.

장미나무에
장미꽃이 핀다.
조금도 이상하지 않지만.

장미꽃.
조금도 이상하지 않지만.
지극히 밝게 빛나면 나무에서 새어 나온다.
빛이 새어 나온다.

'자연순응'을 노래하는 시인의 직설적인 표현시로 생명의 근원인
태양을 예찬하고 생명의 불가사의를 노래하고 있다.

② 백화파(이상주의)

여기서는 다카무라 고타로(高村光太郎)만 알아두면 된다. 탐미
파 잡지인 『스바루(スバル)』에서 활동하기도 했지만, 나중에 이상주
의로 전환한 인물이다. 프랑스의 위대한 조각가 로댕의 예술관과 인
생관에 많은 영향을 받
은 것으로 유명하다.
갑작스런 로댕의 등장
에 의아해 하는 사람도
있겠는데, 고타로는 시
인이면서 또한 조각가
였다.

이 다카무라 고타로

치에코 생가, 후쿠시마(福島)현 소재

의 시적(詩的) 사상은 우리의 정서로도 쉽게 공감할 수 있는 것이다. 범세계적인 작품세계를 가지고 있다고 해야 할까.

생명과 자연의 존엄성을 긍정하는 내용의 시집『도정(道程)』과 아내에 대한 지고지순한 사랑이 잘 나타나 있는『치에코쇼(智惠子抄)』를 보면 누구나 고개를 끄덕이게 된다. 덧붙이자면, 두 시집에서는 기존의 딱딱하고 정형적인 문체와는 달리 일상어를 시에 도입하는 모습을 보이는데, 그렇게 함으로써 구어자유시의 기반을 확립시켰다는 점도 알아두었으면 한다.

レモン哀歌(레몬 애가)

高村光太郎(다카무라 고타로)

そんなにもあなたはレモンを待つてゐた
かなしく白くあかるい死の床で
わたしの手からとつた一つのレモンを
あなたのきれいな歯ががりりと咬んだ
トパアズいろの香氣が立つ
その數滴の天のものなるレモンの汁は
ぱつとあなたの意識を正常にした
あなたの青く澄んだ眼がかすかに笑ふ
わたしの手を握るあなたの力の健康さよ
あなたの咽喉に嵐はあるが
かういふ命の瀬戸ぎはに
智惠子はもとの智惠子となり
生涯の愛を一瞬にかたむけた

それからひと時
昔山巓でしたやうな深呼吸を一つして
あなたの機關はそれなり止まつた
寫眞の前に挿した櫻の花かげに
すずしく光るレモンを今日も置かう

그렇게도 당신은 레몬을 기다리고 있었다

서글프게 하얗고 밝은 죽음의 침상에서

내 손에서 취한 레몬 하나를

당신의 아름다운 이가 콱 깨물었다

토파즈색의 향기가 난다

그 몇 방울의 하늘의 레몬즙은

순간 당신의 의식을 정상으로 되돌렸다

당신의 맑고 푸른 눈이 희미하게 웃는다

내 손을 잡는 당신의 건강함이여

당신의 목에 거센 바람은 있지만

이러한 운명의 갈림길에서

치에코는 원래의 치에코가 되어

생애의 사랑을 한순간에 기울였다

그리고 잠시

옛날 산 정상에서 했던 것과 같은 심호흡을 한 번 하고

당신의 기관은 그대로 멈췄다

사진 앞에 꽂은 벚꽃 아래에

시원하게 빛나는 레몬을 오늘도 두어야지

『치에코쇼(智惠子抄)』에서…

죽음도 갈라놓을 수 없는 깊은 부부의 사랑을 노래하고 있다. 『치에코쇼』는 남녀, 특히 이상적인 부부의 사랑을 그리고 있다.

③ 이지파

다카무라 고타로에 이어 구어자유시를 완성시킨 인물들로 평가받고 있는 무로 사이세이(室生犀星)와 하기와라 사쿠타로(萩原朔太郎)는 일본의 근대 서정시를 대표하는 인물들이기도 하다. 둘은 시적 영감을 함께 나누던 친구로서 『감정(感情)』이라는 잡지를 창간하기도 했다.

후에 소설가로 전향하는 사이세이는 『서정소곡집(抒情小曲集)』과 『사랑의 시집(愛の詩集)』이라는 시집에서 인도주의와 인간애를 담았고 근대시의 완성자로 일컬어지는 사쿠타로는 처녀시집 『쓰키니 호에루(月に吠える)』를 비롯하여 『파란 고양이(青猫)』, 『효토(氷島)』 등의 시집을 내놓았다.

④ 무소속

특별한 파에 속하지 않았던 작가들 중에서는 사토 하루오(佐藤春生)를 꼭 기억해 두었으면 한다. 1915년경부터 1965년까지, 50년이라는 긴 세월을 활약한 탓인지 제자만 3000명〔門弟三千人〕이라는 말이 있을 정도로 그를 스승으로 여기는 사람이 많다. 근대인의 권태로움과 갑갑한 자의식을 기본적인 시의 정서로 삼았다.

하루오는 악마주의 작가 다니자키 준이치로(谷崎潤一郎)의 추천에 의해 문단에 등장했는데, 이 두 사람의 관계가 매우 재밌다. 원래는 형제처럼 절친한 사이였지만, 하루오가 다니자키의 부인 치요코(千代子)와 연애사건을 일으키면서 어긋난다. 남편의 사랑을 받지 못하는 치요코를 불쌍히 여기던 하루오가 결국 그녀에게 연애감정을 느끼게 된 것이다. 다니자키 역시 치요코의 처제와 사랑에 빠져있던 터라 처음에는 양보의 뜻을 밝혔는데, 그것을 다시 번복하면서 둘은 7년 동안 절교상태로 지낸다.

그러나 결국 하루오와 치요코가 결혼을 하고 이를 다니자키가 인정한다는 내용의 공동성명을 발표한다. 이른바 「부인 양도사건」으로, 이로 인하여 한동안 문학계는 물론 일본사회 전체가 떠들썩했다. 하루오의 치요코에 대한 연모의 정은 그의 첫 시집인 『순정시집(殉情詩集)』에도 담겨 있다.

사토 하루오 외에 미야자와 겐지(宮沢賢治)도 빼놓을 수 없겠다. 37세라는 비교적 이른 나이에 사망했는데 생전에는 그다지 유명하지 않았다. 동화집 『주문이 많은 요리점(注文の多い料理店)』과 시집 『봄과 수라(春と修羅)』만을 발표했을 뿐이었다. 그는 오히려 사후에 발표된 작품들을 통해서 그만의 독특한 작품세계를 인정받게 된다.

그러한 작품 중에서 가장 눈길을 끄는 것은 『은하철도의 밤(銀河鉄道の夜)』이다. 시가 아닌 동화이긴 하지만 어딘가 꽤 익숙한 제목이다. 바로 유명한 애니메이션 「은하철도999」

미야자와 겐지
(1896~1933)

의 원작이다. 애니메이션에서는 영원한 생명을 테마로 하고 있는데, 원작이 추구하는 철학적 방향도 그와 같은지 비교해 보는 것도 재미있을 것 같다. 두 작품 모두 아이들에게는 환상적인 모험 이야기, 어른들에게는 깊은 여운을 주는 철학적 이야기로 느껴지기에 충분할 것이다.

雨ニモマケズ (비에도 지지 않고)

宮澤賢治 (미야자와 겐지)

雨にも負けず　風にも負けず

雪にも夏の暑さにも負けぬ丈夫な体を持ち

欲はなく　決して瞋(いか)らず

いつも静かに笑っている

一日に玄米4合と　味噌と少しの野菜を食べ

あらゆることを自分を勘定に入れずに

よく見　聞きし　分かり　そして忘れず

野原の松の　林の蔭の　小さな茅葺きの小屋にいて

東に病気の子供あれば　行って看病してやり

西に疲れた母あれば　行ってその稲の束を負い

南に死にそうな人あれば 行って怖がらなくてもいいと言い

北に喧嘩や訴訟があれば　つまらないから止めろと言い

日照りのときは涙を流し　寒さの夏はおろおろ歩き

みんなにデクノボーと呼ばれ

ほめられもせず　苦にもされず

そういうものに　私はなりたい

비에도 지지 않고

바람에도 지지 않고

눈에도 여름의 더위에도 지지 않는 튼튼한 몸을 갖고

욕심없이 결코 화내지 않으며

언제나 조용히 웃는다

하루에 현미 네 홉과 된장과 약간의 야채를 먹고

모든 일에 자신을 계산에 넣지 않고

잘 보고 듣고 행하고 이해하며 그리고 잊지 않고

들판의 소나무 숲 그늘의 작은 초가집에 살며

동쪽에 병든 아이 있으면 가서 간병해 주고

서쪽에 지친 어머니 있으면 가서 그 볏짚 단을 져주고

남쪽에 죽어가는 사람 있으면 가서 두려워하지 않아도 된다고 말해주고

북쪽에 싸움이나 소송 있으면 사소한 일이니 그만 두라 하고

가뭄이 들 때는 눈물 흘리고 냉해의 여름에는 벌벌 떨며 걷고

모두에게 멍텅구리라 불리고

칭찬도 받지 않고

걱정거리도 되지 않는

그러한 사람이 나는 되고 싶다.

검소하고 건강한 삶을 기원하며 모든 욕망을 버리고 마음의 평안을 구하며 사심을 버리고 사물을 이해하려는 희망을 갈구한 시이다.

3. 쇼와 시대

쇼와 시대가 되면 암울한 시대상황과 맞물려서 마르크스주의가 급속도로 확산, 문학계에서도 프롤레타리아문학이 성행한다고 이미 말

한 바 있다. 시단(詩壇)도 예외는 아니어서 '프롤레타리아시'가 나와
오게 된다. 그 다음 순서는 어느 정도 예상할 수 있을 텐데, 프롤레타
리아시의 정치적 관심에 염증을 느낀 이들이 예술지상주의적인 시를
발표하기 시작한다. '모더니즘시'로 불리는 것들이다.

① 프롤레타리아 시

나카노 시게하루
(1902~1979)

초기 프롤레타리아시를 대표하는 인
물로는 나카노 시게하루(中野重治)가
있다. 혁명적인 입장에 있으면서도 구
어시의 리듬과 서정성을 아름답게 표현
한 인물이다. 그러나 안타깝게도 그의
시집『나카노 시게하루 시집(中野重治
詩集)』은 제본 중에 압수당하고 말았다.
현재까지도 발행되지 않고 있는 것으로
알고 있다.

② 모더니즘 시

지성을 중시하며 예술지상주의적 성향을 지닌 모더니즘 시는『시
와 시론(詩と詩論)』,『사계(四季)』,『역정(歷程)』을 중심으로 활발
한 활동을 보인다.

『시와 시론』은 니시와키 준자부로(西脇順三郎)를 중심으로 쇼
와 시대의 모더니즘문학을 추진했다. 초현실적인 시풍(詩風)을 추구
했기 때문에 초현실주의, 초현실파로 불린다. 대표적 시인과 시집으

로는 니시와키 준자부로의 『Ambarvalia』, 미요시 다쓰지(三好達治)의 『측량선(測量船)』 등이 있다. 이들은 표현수단으로 언어가 아닌, 언어자체를 목적으로 삼아 표현 형식·기법 등을 중요시했다.

　휴머니즘에 입각, 지성과 감성의 조화를 도모한 시풍이 주를 이룬 잡지는 『사계』이다. 대표적인 사계파 인물로는 『야기노우타(山羊の歌)』, 『아리시히노우타(在りし日の歌)』의 나카하라 추야(中原中也)를 들 수 있다. 현대적 감성과도 잘 들어맞아서 여전히 많은 팬을 거느리고 있다.

　그 외에도 음악적인 서정시인 『와스레구사니 요스(萱草に寄す)』의 다치하라 미치조(立原道造), 『와가히토니 아타우루 아이카(わがひとに與ふる哀歌)』의 이토 시즈오(伊藤静雄) 등이 있다.

　특정 시 이념에 묶이지 않은 개성적 성격을 띠는 잡지 『역정』을 중심으로 하는 역정파에서는 구사노 신페이(草野心平)를 기억하자. 서민적 생명력과 반항정신을 개구리를 빌어 표현한 『가에루(蛙)』로 유명하다. 그 외에는 『낙하산(落下傘)』의 가네코 미쓰하루(金子光晴) 정도일 것이다.

秋の夜の会話(가을밤의 회화)

草野心平(구사노 신페이)

さむいね
ああさむいね
蟲がないているね

あａ蟲がないているね
もうすぐ土のなかだね
土のなかはいやだね
痩せたね
君もずいぶん痩せたね
どこがこんなに切ないんだろうね
腹だろうかね
腹とったら死ぬだろうね
しにたくはないね
さむいね
あａ蟲がないているね

울군
아, 울군
벌레가 울고 있군
아, 벌레가 울고 있군
이제 곧 땅속으로 가야 하는군
땅속은 싫군
말랐군
자네도 꽤 말랐군
어디가 이토록 괴로운 것일까
배일까
배를 따면 죽겠지
죽고 싶지 않군
울군
아, 벌레가 울고 있군

두 마리의 개구리의 회화이다. 가을의 싸늘함이 온몸에 스며드는 밤, 삶의 슬픔과 괴로움을 벌레에게 공감을 기탁하면서 말하는 정경에는 젊은 날의 작가의 모습이 투영되어 있다.

추위와 굶주림 속에서도 그것을 이기고 살아가려는 의지를 일상어로 노래하고 있다.

4. 전후시

전후시는 그 출발과 완성이 『아레치(荒地)』의 동인들에 의해서 이루어졌다고 볼 수 있다. 이 이름은 엘리어트(T.S. Eliot)의 시집 『황무지』에서 따왔는데, 이 시가 제1차 세계대전으로 황폐해진 유럽을 읊었던 것처럼 전쟁으로 폐허가 된 일본이라는 현실을 노래했다. 프롤레타리아시의 정치적 성향과 모더니즘시의 예술지상주의, 이 모두에 대한 반성에서 출발한 그룹이다. 창간한 인물은 시인이자 평론가인 아유카와 노부오(鮎川信夫)이다.

단카(短歌)

단카는 일본 고유의 시가인 와카(和歌)의 한 형태를 말하는데, 근대 단카는 오치아이 나오부미(落合直文)가 아사카샤(あさ香社)를 결성하여 와카의 혁신운동을 일으키면서 시작되었다. 이후의 양상은 묘조(明星)와 아라라기(アララギ)파, 이렇게 둘로 나누어서 생각할 수 있겠다.

1. 묘조파

묘조파는 와카 혁신운동의 일원이었던 요사노 뎃칸(与謝野鉄幹)이 창간한 시가잡지 『묘조』의 인물들을 칭하는 말이다. 자아의 해방과 관능미 등을 노래하여 낭만주의 문학운동의 중심이 되었다.

대표적인 작가와 가집으로는 뎃칸의 부인인 요사노 아키코(与謝野晶子)의 『헝클어진 머리(みだれ髪)』, 이시카와 다쿠보쿠(石川啄木)의 『한줌의 모래(一握の砂)』, 『가나시키간구(悲しき玩具)』 등이 있다.

● 요사노 아키코(与謝野晶子)

아키코의 첫 시집 『헝클어진 머리』(1901년)는 자유분방한 가풍으로 본능적인 해방을 노래하여 큰 반향을 불러일으켰다. 『헝클어진 머리』 권두의 시는 출판 당초부터 난해하다고 알려져, 가지각색의 해석이 있었다.

『헝클어진 머리』 399수 중, '헝클어진'과 '헝클어진 머리'가 사용되고 있는 우타는 의외로 적어, 전부 8수에 지나지 않는다.

그러나 이 우타들은 단순한 연가나 성애(性愛)의 우타가 아니라 불안과 망설임과 동요, 그리고 무엇보다도 변동의 예감을 품은 사랑의 우타로 현실의 굴절된 복잡함을 지니고 있다고 볼 수 있다.

40 みだれごこちまどひごこちぞ頻なる百合ふむ神に乳おほひあへず

헝클어진 마음 망설이는 마음뿐. 사랑하는 이에게 모든 것을 다 주고.

341 春寒のふた日を京の山ごもり梅にふさはぬわが髪の乱れ
추운 봄 이틀간 교토의 산에 묻혀 지냈네. 매화에 어울리지 않는 나의 헝클
어진 머리

묘조파, 요사노 아키코
(1878~1942)

요사노 아키코 기행 문학관,
군마(群馬)현 소재

2. 아라라기파

아라라기파를 논하기 위해서는 먼저 마사오카 시키(正岡子規)에
대해서 언급하지 않을 수 없다. 『아라라기(アララギ)』라는 잡지도
시키가 만든 네기시단카회(根岸短歌會)의 가지(歌誌)로서 출발했
기 때문이다. 그는 『우타요미니 아타우루쇼(歌よみに與ふる書)』
라는 가론서를 통해 『고킹와카슈(古今和歌集)』를 비판하고 『만요

마사오카 시키(1867~1902)

슈(万葉集)』를 칭송했다. 또한 사실주
의의 영향을 받았기 때문에 사생(寫
生)에 의한 문장혁신을 부르짖었다. 그
의 이러한 주장들은 모두 아라라기파
가 이어받게 된다.

실제로『아라라기』를 만든 인물은
이토 사치오(伊藤左千夫)이다. 그는
『들국화의 무덤(野菊の墓)』이라는 소
설로 더 유명하다. 중요도 면에서 본다
면 사이토 모키치(斎藤茂吉)가 있겠다. 자연과 자아를 일체화시키
는「실상관입(實相観入)」을 주장했는데, 가집으로는 생의 감동을
표출한『적광(赤光)』과『아라타마(あらたま)』가 있다.

하이쿠(俳句)

하이쿠 역시 일본 고유의 운문문학으로, 하이카이(俳諧)의 첫 구
(句)가 따로 독립하여 생긴 단시형 문예를 뜻한다. 이 하이쿠를 근대
적인 문학 장르로서 확립시킨 인물은 앞서 단카에서도 다뤘던 마사
오카 시키이다.

시키의 제자인 다카하마 교시(高浜虚子)는『호토토기스』를 주재
하여 하이쿠 혁신운동의 거점으로 삼았다. 그는 객관사생과 화조풍
영론(花鳥諷詠論)을 주장하고, 하이쿠의 보급과 후배육성에 힘썼
다. '화조풍영'은 꽃과 새 등의 자연을 그대로 묘사하는 것을 말한다.

마찬가지로 시키의 제자였던 가와히가시 헤키고토(河東碧梧桐)

는 시키의 사후 교시와 대립하여 「신경향 하이쿠 운동」을 일으켰다. 이로 인하여 자유율의 하이쿠가 생겨났다.

1. 여성의 우상 멋진 하이진!―다카하마 교시(高浜虛子)

하이쿠 작가인 남편을 따라 구회에 동석하는 것이 가능했던 여성 중의 한 사람이 하세가와 레요시(長谷川零余子)의 아내 가나조(かな女)였다. 그것을 눈여겨본 교시(虛子)는 우선 자신의 처자식에게도 취미로 하이쿠를 가르쳐야겠다는 아이디어를 얻었다고 한다. 그래서 딸, 조카딸 등 여러 명의 지인을 모아 1913년 「진

다카하마 교시(1874~1859)

달래 10구집(つつじ十句集)」이라는 제목으로 여성들이 만든 여성들을 위한 회람 구회를 시작했다고 한다. 이 1913년이야말로, 여성 하이쿠의 여명의 해라고 할 수 있겠다.

1913년 6월호의 잡지 『호토토기스』에는 여성만을 위한 하이쿠란 「부인 10구집」이 신설되었다. 회람, 호선(互選) 형식의 것이었지만, 이 란을 개설함에 있어 다카하마 교시는 그 전문(前文)에서 다음과 같이 기술하고 있다.

"요즘 나는 가족의 취미가 나와 다른 것에 대해 화내기 전에 취미 교육을

시키지 않았던 것을 먼저 생각한다. 아무 교육도 받지 못하고 방치된 처자식은 불행하다. 나는 곧바로 나의 가족에게 하이쿠를 지어 보라고 했다. 이것은 바로 일반 여자에게 하이쿠를 권유하는 신념과 용기를 불러일으켰던 것이다……."

교시의 권유에 의해 12인이 참가했다. 이와 같은 교류의 장은 여성의 하이쿠가 독립된 여성작품으로써 점차 인식되어 갔다.

교시는 「전진해야 할 하이쿠의 길」에서 "첫째 주관이 명백할 것. 둘째 객관적인 사상을 소홀히 하지 않고 어디까지나 연구에 노력을 아끼지 않을 것. 셋째 소박하다든지 장중하다든지 하는 말을 잊지 말 것. 넷째 되도록 서술하는 사항이 단순하고 깊은 맛이 있는 구를 지향할 것"이라고 기술하고 있다.

또 『호토토기스』에는 1916년 12월호에 「부엌 잡영(台所雜詠)」란이 개설되는 등, 부인 하이쿠는 점차로 번창해 갔다. 「부엌 잡영」은 '부엌과 관련이 있는 것을 제목으로 하는 구'로써, 냄비・풍로・도마・식칼・넘친 국물・졸음・도미・된장・부채 등을 소재로 하여 투고자를 여성으로 한정하고 있었다.

이렇게 자애로운 교시의 배려로 탄생된 부인 구회였지만 당시의 남성들 중에는 장난삼아 투고하는 자도 있었다. 그래서 보다 못한 교시는 『호토토기스』 1916년 1월호에 다음과 같은 기사를 실었다.

"종래의 부인 10구집(十句集)에 투고하던 사람 중에 남자가 아닐까하는 의심이 가는 사람이 12명 있었다. 그래서 호토토기스 발행소에서는 진짜 부인이라고 분명히 밝히지 않는 사람은, 유감스럽게도 당분간 10구집에서 제외시키기로 했다. 그들 가운데 새롭게 10구집에 참가하고 싶은 사람은 어떤 방법으로든지 부인인 것을 밝혀주기 바란다."

무언가 우스꽝스러운 기사이지만, 시대의 인식으로 볼 때 하이쿠는 남성의 소유물로, 여성의 하이쿠는 흥미로 보았던 것을 알 수 있다.

다이쇼기에 있어서 다카하마 교시에 의해 육성된 여성 선각자들은 쇼와기에 들어서, 제각기 지도적인 자리를 얻어 큰 활약을 보이게 된다.

2. 부인 하이쿠의 리더─하세가와 가나조(長谷川かな女)

가나조는 다카하마 교시의 제안으로 여성을 위한 회람 구회가 발족할 당시, 간부를 맡으면서 하이쿠를 시작했다. 일반 가정의 자녀에게 하이쿠를 가르치자는 교시의 의도에 따라 가나조는 그 리더 역할을 했다. 그녀는 『호토토기스』의 「하이쿠와 가정」란에 자녀가 없는 부부의 일상에 하이쿠가 얼마나 활력을 주는지를 썼다. 그리고 교시가 추천하는 부엌을 소재로 한 하이쿠를 앞장서서 만들어, 「주부 12시」라는 제목 아래 주부의 하루를 읊은 하이쿠를 발표 하는 등, 교시가 다이쇼기에 추구했던 여성 하이쿠의 가장 충실한 구현자(具現者) 역할을 했다.

가나조는 '부엌 하이쿠'를 회상하며, 이렇게 말하고 있다.

"지금처럼 자유롭지 못하고, 독서에도 소원할 수밖에 없었던 가정의 여성들이 가까운 곳에서 하이쿠를 읊는 즐거움을 느끼는 것이 중요하므로, 모든 것은 부엌에서부터 오늘의 여류 하이쿠가 번창하게 된 것을 예견했던 것은 아닐까."

가나조는『수명(水明)』이라는 여성 하이쿠지를 창간하여 82세까지 여성 하이쿠의 선구자로서 활약을 했다.
구집으로는『용담(龍胆)』,『가나조 구집(かな女句集)』,『우게쓰(雨月)』등이 있다.

● ● 복습시간 ● ●

1. 모리 오가이가 「신성사(新聲社)」의 동인들과 함께 번역한 괴테, 바이런 등의 시가 담겨져 있는 시집으로, 「신체시」를 예술로서 각인시키는 계기가 된 작품의 이름은 무엇인가.

2. 1897년 간행된 시마자키 도손(島崎藤村)의 첫 시집으로, 일본의 근대시를 확립시킨 기념비적 작품으로 평가받고 있는 작품은 무엇인가.

3. 다음 중 상징시와 관련이 없는 인물은 누구인가.
   ① 우에다 빈(上田敏)
   ② 간바라 아리아케(蒲原有明)
   ③ 도야마 마사카즈(外山正一)
   ④ 스스키다 규킨(薄田泣菫)

4. 시가(詩歌)잡지인 『묘조(明星)』 출신의 몇몇 동인작가들이 만든 것으로, 탐미파 시인들의 활동거점이 된 잡지의 이름은 무엇인가.

5. 다음 중 무로 사이세이(室生犀星)의 시집은 어느 것인가.

　①『쓰키니호에루(月に吠える)』

　②『파란 고양이(淸猫)』

　③『서정소곡집(抒情小曲集)』

　④『효토(氷島)』

6. 모더니즘시에서 서민적 생명력과 반항정신을 개구리를 빌어 표현한 작품 『가에루(蛙)』로 유명한 시인은 누구인가.

7. 근대 단카의 중심이 된 대표적인 두 시가잡지의 이름을 말해보자.

8. 일본 고유의 운문문학인 하이카이(俳諧)의 첫 구(句)가 따로 독립하여 생긴 단시형 문예를 무엇이라고 하는가.

9. 다이쇼기에 여성에게 하이쿠의 세계를 활짝 열어준 하이진은 누구인가.

● ●답변● ●

1. 『오모카게(於母影)』

2. 『와카나슈(若菜集)』

3. ③번 도야마 마사카즈(外山正一)는 번역시집인 『신체시쇼(新体詩抄)』를 발표한 인물로, 상징시와는 거리가 있다.

4. 『스바루(スバル)』

5. ③번 『서정소곡집(抒情小曲集)』을 제외한 나머지 보기는 모두 하기와라사 쿠타로(萩原朔太郎)의 작품이다. 무로 사이세이(室生犀星)의 시집으로는 『서정소곡집(抒情小曲集)』 외에도 『사랑의 시집(愛の詩集)』이 있다.

6. 구사노 신페이(草野心平)

7. 『묘조(明星)』와 『아라라기(アララギ)』

8. 하이쿠(俳句)

9. 다카하마 교시(高浜虚子)

1. 재일조선인문학의 개념

재일동포에 의해 쓰인 문학을 일본에서는 보통 '재일조선인문학'
이라고 한다. 그런데 한국에서는 '조선'이라는 말을 꺼려하여 '재일
동포문학', '재일교포문학', '재일한국인문학' 등과 같은 용어를 사용
하고 있는 경우가 많다.

그러나 재일동포나 일본인들이 '재일조선인문학'이라고 할 때는
남·북한의 구별 없이 일본에 살고 있는 한민족 후예들의 문학이라는
뜻으로 사용한다. 그리고 재일동포 작가들의 작품이 조국 통일의 염
원을 그려내고 있다는 점을 고려할 때 '조선'이라는 말을 '한국'으로
바꾸어 '재일한국인문학'으로 호칭하는 것은 그러한 작가정신에 흠
집을 낼 소지가 있다고 생각된다.

재일조선인문학의 범위를 일본에 거주하는 동포들의 문학으로 규
정할 경우 한국어로 쓴 작품까지 포함될 수도 있지만, 일반적으로 일

본어로 쓴 작품으로 한정하는 경우가 많다. 일본에서 썼다하더라도 한글로 된 작품은 한국문학에 포함시키는 것이 당연한 것으로 생각되기 때문이다. 그리고 재일조선인의 일본어 작품 중에서도 한민족과 관련된 의식을 바탕에 두고 있는 것으로 한정하자는 연구자도 있지만, 이에 대한 견해는 여러 가지가 있어 확실한 정의를 내리고 있지는 못한 실정이다.

2. 해방 이전 재일조선인의 문학활동

해방 이전의 재일조선인에 의한 문학활동은 구한말 유학생들에 의해 시작되었다고 할 수 있다. 그런데 조선정부에서 파견한 관리로 저술을 남긴 이수정(李樹廷)과 유길준(兪吉濬) 같은 이들은 유학생들보다 앞서 일본어 글쓰기를 하였으나 본격적인 문학활동이라고 보기에는 어려운 점이 있다.

유학생들에 의한 본격적인 문학활동은 1920년대에 접어들면서 주로 일본의 프로문학잡지를 통해 시작되는데, 이는 이들 잡지가 민족적인 저항운동의 색채를 담고 있는 작품들을 호의적인 시각에서 평가해주고 있었기 때문이다.

조선인으로서 제일 먼저 일본의 프로문학잡지에 작품을 발표한 것은 정연규(鄭然圭)다. 그는 1922년에 단편 『혈전의 전야(血戰の前夜)』를 발표한 이후 여러 작품을 발표하였다. 『혈전의 전야』는 서울 시내가 내려다보이는 곳에 자리한 의병부대의 의병장이 적에 의한 민중의 살해를 보고 울분을 참지 못하여 자멸행위와도 같은 공격명령을 내리고 만다는 내용을 담고 있다.

그리고 1927년에는 한식(韓植)이 『엿장사(飴売り)』를, 김희명(金熙明)은 『거지 대장(乞食の大将)』, 『채찍 아래를 간다(笞の下を行く)』를 발표하게 된다. 『엿장사』는 일본에 이주한 조선인들의 삶을 다룬 작품으로 아침에는 낫토(納豆; 삶은 메주콩을 띄운 것), 저녁에는 엿을 팔러 다니는 조선인 소녀가 비극적인 투신자살로 생을 마감한다는 내용을 다루고 있다. 『채찍 아래를 간다』는 공산당 사건으로 투옥된 늙은 조선인의 시대적인 고난과 역사적 사실을 수기의 형식으로 그려낸 작품이다.

이후에도 박능(朴能)의 『동지(味方)』(1932), 정우상(鄭遇尙)의 『소리(聲)』(1934), 이조명(李兆鳴)의 『첫 출진(初陣)』(1935)등이 계속 발표되었다. 『소리』는 간도에서 소작쟁의 운동에 관여하다가 고문으로 성대가 파열된 채 서대문형무소에 수감된 주인공과 그 아내의 애달픈 애정을 정감 있게 그려낸 작품이고, 『첫 출진』은 홍남질 소비료공장 노동자들의 비참한 실상과 공장 내에서 노동자조직을 만들어 가는 모습을 묘사한 작품이다.

이상과 같이 재일조선인에 의한 초기의 문학은 일본의 프롤레타리아문학 운동의 자극과 지원에 의해 발표된 것이 주류를 이루고 있다. 이런 가운데 장혁주(張赫宙)가 1932년 4월 『아귀도(餓鬼道)』를 문예잡지 『개조(改造)』에 투고하여 입선하면서부터 조선인에 의한 일본문단에의 진출이 활기를 띠게 된다. 『아귀도』는 식민지 조선의 농민을 갖은 수법으로 착취하려는 지주계급과 일본제국주의를 정면에서 고발한 작품으로, 초기의 장혁주는 이러한 경향의 작품을 여러 편 집필하여 민족주의적 입장을 견지하고자 노력한다.

그러나 장혁주의 이러한 노력은 일제 말기의 탄압 속에서 쉽게 허물어지고 만다. 1939년에 임진왜란 당시의 왜장을 미화한 작품 『가토 기요마사(加藤淸正)』를 집필한 것을 시작으로 1943년의 내선일체와 황민화를 예찬하며 조선의 청년을 전쟁터로 내보내기 위한 선동적인 작품 『이와모토 지원병(岩本志願兵)』에 이르기까지 많은 친일적 작품들을 썼다. 해방 이후에는 일본인으로 귀화하여 나름의 집필활동을 계속하였지만, 자신의 양심을 속이고 민족을 배반하였다는 비판에서 자유로울 수는 없었다.

김사량(金史良)은 장혁주의 뒤를 이어 일본문단에 등단한 조선인 작가로서 일제에 저항하는 민족주의적 작품을 많이 발표하여 이후의 재일조선인문학에 큰 영향을 미쳤다. 그는 1939년에 아쿠타가와(芥川)상 후보에 오른 『빛 속으로(光の中に)』에 의해 일본문단에 널리 알려졌는데, 이 작품은 조선인 어머니와 일본인 아버지 사이에 태어난 아이의 눈에 비쳐진 민족의 차별을 깊이 있게 그려내고 있다.

이후에도 김사량은 『토성랑(土城廊)』, 『기자림(箕子林)』, 『천마(天馬)』와 같은 단편과 장편 『태백산맥(太白山脈)』 등을 발표하여 조선민족의 생활과 감정, 그리고 독립에 대한 염원을 담아내고 있다. 작가의 이러한 태도는 일제 말기의 극심한 탄압 속에서 내선일체에 부응하는 듯한 글을 발표하여 위기를 맞기도 하였으나, 중국에서 활약하던 조선인독립투쟁 부대로 탈출하여 끝까지 저항하려는 모습을 잃지 않았다.

이상으로 설명한 해방 이전의 재일조선인에 의한 문학활동을 간단히 다시 정리한다.

1922년부터 장혁주가 등장하는 1932년까지의 약 10년간은 일본 프롤레타리아 예술운동과 교류하면서 그들이 발행하는 잡지나 신문에 식민지 조선과 재일조선인의 참상을 그려낸 작품을 게재하는 것으로 만족하고 있다. 이런 상황 속에서 장혁주와 김사량이 등장하여 식민지 조선의 모습과 민족적 차별을 호소하여 일본문단의 주목을 받았으나, 식민지 말기에 제각기 일제에 대한 협력과 저항의 길로 그 행로를 달리하게 된다. 해방 이후에 높은 평가를 받으며 재일조선인 문학의 정체성에 큰 영향을 미친 것은 김사량이라 할 수 있는데, 이는 당연한 결과라 할 것이다.

3. 해방 이후의 재일조선인문학

해방 이후의 재일조선인문학은 크게 3시기로 구분할 수 있는데, 작가의 출생시점과 장소를 기준으로 제1, 2, 3세대로 분류하는 것이 일반적이다. 즉 제1세대는 한반도에서 태어났으나 일본으로 건너와 정착한 사람들이고, 제2세대는 제1세대의 자녀들로서 일본에서 태어난 세대를 말하며, 제3세대는 제2세대의 자손들을 말한다. 이들 중 작가로서 활동하고 있는 인원은 100명을 넘고 있으나 대표적인 작가와 작품만을 간략히 소개한다.

재일조선인 제1세대 작가들의 특징은 식민지 시대의 민족적 경험을 작품으로 쓰고 있다는 점을 들 수 있다. 비록 경험을 바탕으로 집필된 작품이라 할지라도 당시의 일본의 사소설(私小說)과는 차원을 달리하는 거대한 구성과 리얼리티를 담고 있는 경우가 많다. 민족의 운명과 직결된 문제들, 즉 남북의 통일과 자주독립을 최우선 과제로 한 민중의 투쟁을 그려낸 작품이 대부분이다. 이들의 조선인으로서의 정체성은 작품에 그대로 드러나고 있어서 일본문단에서도 그저 일본어로 쓰인 조선인문학으로 인식되는 경향이 강했다.

　이러한 제1세대를 대표하는 작가로는 김달수(金達壽)와 김석범(金石範)이 있다.

　김달수는 그의 대표적 장편『태백산맥(太白山脈)』에 묘사하고 있는 것처럼, 이승만 정권 아래에서 권력의 핵심으로 재등장한 친일파들에 대한 비판을 통하여 민족분단의 원인을 찾고자 한다. 친일파를 제거함으로써 조국의 통일이 달성될 수 있다고 생각하고 있었던 것이다.

　김석범의 대표작은 '제주4·3사건'을 다룬 대 장편『화산도(火山島)』라 할 수 있다. 그는 이 작품을 통해 이데올로기의 대립으로 무참히 희생된 제주민들의 참상을 그려냄으로써 강압에 의해 잊혀진 역사적 사건의 진실을 복원하고자 노력한다. 역사적 사실에 대한 올바른 인식 없이는 남북통일을 향한 진정한 화합은 있을 수 없다는 작가의 신념이 뒷받침되어 있는 작품이라 하겠다.

　재일조선인 제2세대 작가들은 일본에서 출생하였으나 조선인으로서의 피가 자신의 몸에 흐르고 있음을 자작하고 이를 작품으로 그려내고 있는 경우가 많다. 따라서 개인차는 있지만 이들의 작품은 민족적 색채를 띠고 있는 경우가 대부분이다. 이들은 조국으로 돌아간다 하더라도 자신들이 이방인일 수밖에 없는 현실에 심한 정체성의 혼란을 겪는다는 특징이 있다. 결국 일본에 정주할 수밖에 없는 세대의 작가들로 재일조선인문학이라는 용어에 꼭 들어맞는 세대라 할 수 있다. 이 시기를 대표하는 작가로는 이회성(李恢成), 양석일(梁石日), 김학영(金鶴泳), 고사명(高史明), 이양지(李良枝) 등이 있다.

재일조선인 제3세대에 속하는 작가들은 1980년대 중반에 작품 활동을 시작하여 현재에 이르는 경우를 말한다. 제3세대 작가들 역시 제2세대 작가들과 마찬가지로 조국의 언어를 구사할 능력이 없을 뿐만 아니라, 고국에로의 귀속의식은 그보다도 훨씬 희박하다. 민족적 정체성보다는 '재일(在日)'인 자신이 속한 일본사회에서의 정체성을 추구하려는 경향을 강하게 보인다. 따라서 '재일조선인'이라는 용어도 이들에게는 잘 어울리지 않게 되는데, '조선인'을 뺀 '재일'을 살고 있는 세대라 할 수 있다. 작가들의 작품도 '재일조선인문학'이라 기보다는 '재일문학'으로 부르는 것이 자연스러울지도 모른다. 대표적인 작가로는 유미리(柳美里), 현월(玄月), 가네시로 가즈키(金城一紀) 등이 있다.

일본 근·현대문학사

초판 1쇄 발행일 • 2008년 2월 28일

지은이 • 장남호 · 이상복
펴낸이 • 박영희
표　지 • 정지영
편　집 • 정지영 · 허선주
펴낸곳 • 도서출판 어문학사
　　　　132-891 서울특별시 도봉구 쌍문동 525-13
　　　　전화: 02-998-0094 / 팩스: 02-998-2268
　　　　홈페이지: www.amhbook.com
　　　　e-mail: am@amhbook.com
　　　　등록: 2004년 4월 6일 제7-276호

인지는
저자와의
합의하에
생략함

ISBN 978-89-6184-037-8　93830
정　가 • 12,000원
※ 잘못 만들어진 책은 교환해 드립니다.